현존 명상

깨어 있는 삶을 살기

현존 명상

Embracing the Present

레너드 제이콥슨 지음 | 김윤 옮김

침묵의 향기

1981년, 나는 삶과 진실, 현실에 관한 인식을 깊이 바꾼 일련의 자발적인 영적 깨어남을 처음 경험했습니다. 이 깨어나는 경험들은 더욱더 깊은 의식의 수준을 드러냈고, 나를 사랑과 자비로, 그리고 모든 것이 하나라는 변함없는 느낌으로 가득 채웠습니다.

이런 깨어남을 여섯 차례 경험했는데, 각 깨어남은 직전의 깨어남보다 더 강력했으며, 1981년에 시작되어 약 3년마다 일어났습니다.

1981년 12월, 나는 일주일간의 개인 성장 수련회에 참석했습니다. 수련회는 아주 좋았습니다. 나는 모든 과정에 깊이 참여했고, 일주일 동안 많은 성과를 거두었습니다. 수련회가 끝날 무렵, 강가를 걸었습니다. 우리는 지난 일주일 동안 그 강에서 매일 수영을 하면서 시원하고 빠른 물살을 즐겼습니다. 내가 서 있던 곳의 앞에는 수심이 얕고 물살이 빠른 여울들이 있었고, 여울 너머에는 수심이 깊어 수영하기 좋은 곳이 있었습니다. 건너편 강가에는 빽빽이 들어찬 나무들이 하늘을 향해 높이 솟아 있었습니다. 몸에 따스하게 와 닿는 햇살을 받으며 나는 강가에 서서 주변의 아름다운 풍경을 감상하고 있었습니다.

그러다가 갑자기 저절로 명상 상태에 들어갔고, 그 상태에서 15~20분에 걸쳐 몇 가지 단계가 이어졌습니다. 나는 무슨 일이 일어나고 있는지, 내가 무엇을 하고 있는지 알지 못했습니다. 내가 명상을 하는 것이 아니라, 명상이 내게 행해지는 것 같았습니다. 내가 의도하지 않는데도 명상은 어떤 순서들을 거치며 저절로 진행되었습니다. 마치 어떤 신비한 방식으로 내가 다른 차원으로부터 안내를 받는 것 같았습니다. 두 팔이 벌려졌고, 나는 팔을 뻗은 채 십 분가량 서 있었습니다. 나는 나무들과 함께 깊이 현존했고, 나무들의 에너지와 의식을 내게로 받아들였습니다. 나는 그들과 하나가 되었습니다. 십 분쯤 지난 뒤, 천천히 강물 속으로 걸어 들어갔습니다. 전날 비가 와서 강물은 꽤 불어나 있었습니다. 앞에서는 급한 물살이 바위를 덮으며 빠르게 흐르고 있었습니다. 발 디딜 곳을 찾기가 어려웠습니다.

하지만 어찌어찌 물살을 헤치며 강으로 들어갔고, 물살이 가장 세차게 흐르는 지점까지 다가갔습니다. 그곳은 가슴까지 물에 잠겼습니다. 나는 흐르는 강물의 힘을 정면으로 마주하기 위해 상류 쪽으로 몸을 돌렸습니다. 보통의 경우였다면 급류에 몸을 지탱하기 어려웠을 것입니다. 그러나 내 안에는 나무들이 있었습니다. 믿을 수 없이 강한 내적인 힘과 안정성이 느껴졌습니다. 나는 급류에 맞섰고, 나의 힘과 의지로 강물에 맞섰습니다. 나는 완전한 내적 침묵에 잠겨 있었습니다. 마치 나의 참된 자기를 강물에 드러내고 있는 것 같았습니다. 나는 완전히 고양되어 있었습니다. 물살을 견디며 십 분쯤 서 있었습니다. 그러고는 아무 생각 없이 서너 차례 힘차게 팔을 저어 급류를 헤치면서, 바로 위쪽에 있던 수심이 깊은 수영 장소로 나아갔습니다.

물속으로 깊이 잠수했습니다. 깊은 물속은 어둡고 흐려서, 마치 깊은 어둠으로 잠수하는 것 같았습니다. 다시 수면 위로 떠올랐을 때, 나는 원시적인 포효라고밖에 말할 수 없는 소리를 내질렀습니다. 내 안의 깊은 곳에서 나온 그 소리는 온 계곡을 가득 채웠습니다. 그것은 내가 마침내 도착했다고 선언하는 것 같았습니다. 나는 이 과정을 세 번 되풀이했는데, 물속에서 올라올 때마다 원시적인 포효를 했습니다. 그러고는 팔을 서너 차례 휘저어 급류의 한가운데로 들어간 뒤, 강물에 몸을 맡겼습니다. 완전히 내맡겨 버렸고, 하류로 떠내려갔습니다.

눈은 감겨 있었습니다. 얼굴은 아래를 향하고 있었습니다. 바위 위로 휩쓸려가기도 했지만, 나를 보호하려는 생각은 조금도 하지 않았습니다. 다치거나 부딪쳐서 의식을 잃기 쉬운 상황이었습니다. 그러나 나는 내맡겼고 강물을 완전히 신뢰했습니다. 그렇게 4백 미터쯤 떠내려가자 강물의 속도가 줄었습니다. 나는 강기슭을 향해 나아갔는데, 그때 나는 완전히 다른 차원에 있었다고 할 수 있습니다. 바뀐 의식 상태 속에 있었습니다. 그것은 내가 처음으로 경험한 깨어난 상태였습니다. 당시에는 내게 무슨 일이 일어나고 있는지 알지 못했지만…. 강에서 나오면서 경험한 일은 당시의 내게는 완전히 낯선 경험이었습니다. 시간이 사라졌습니다. 나는 사랑과 하나임의 느낌에 휩싸였습니다. 성스럽고 신성한 느낌에 휩싸였습니다. 모든 것이 완벽해 보였습니다. 모든 것이 안으로부터 빛나고 있었습니다. 나는 완전한 지복(至福)의 상태에 잠겨 있었습니다. 강 옆으로 난 길을 따라 발걸음을 옮길 때는 대기도 신비롭게 느껴졌습니다.

나는 비범하게 아름다운 세계로 깨어났고, 사랑에 완전히 취해 있다고 느꼈습니다. "사랑해"라는 말이 입에서 계속 흘러나오고 있었습니다. 멈출 수가 없었습니다. 풀밭에서 풀을 뜯고 있는 소들에게 사랑한다고 말했습니다. 나무들에게 사랑한다고 말했습니다. 하늘과 구름, 강물에게도 사랑한다고 말했습니다. 들어 본 적 없는 사랑의 노래가 내 입에서 흘러나오기 시작했습니다.

"요단강은 깊고 넓구나. 강 건너편에서 내 사랑을 찾았다네."

이 노래를 부르고 또 불렀습니다. 내가 보고 듣는 모든 것을 나의 사랑이 감싸고 있었습니다. 마치 내가 아씨시의 성 프란체스코처럼 느껴졌습니다. 나는 사랑에 사로잡혔습니다. 사랑에 삼켜졌습니다. 사랑에 취했습니다. 경이롭고 놀랍다는 느낌으로 가득 찼습니다. 이런 종류의 사랑은 한 번도 경험해 본 적이 없었습니다. 마치 신의 사랑 같았습니다.

잠시 후, 인간의 상태에 관한 통찰과 계시들이 계속 들어오기 시작했습니다. 인류가 어떻게 왜 그토록 멀리 길에서 벗어났는지가 분명히 이해되고 있었습니다. 영적 깨어남을 위한 몇 가지 중요한 열쇠가 계시되고 있었습니다. 나의 의식은 먼 옛날의 지혜에 열리고 있었습니다. 아주 신나는 경험이었습니다.

바로 그때, 에너지가 바뀌었습니다. 주위의 모든 것에서 사랑과 빛의 수준이 극적으로 증가했습니다. 내 안에서, 주위에서 이전에 한 번도 경험해 보지 못한 **현존**을 느꼈습니다. 어떻게 그랬는지는 모르겠지만, 내게 일어난 일을 이해하려는 노력을 즉시 알아차렸습니다.

갑자기, 아무 예고 없이, 신이 내게 말했습니다.

"예수에 관한 진실을 말하라!"

신의 목소리가 내 안에서 나오는지 밖에서 나오는지 알 수 없었습니다. 이전까지 나는 불가지론자였습니다. 세상에 그토록 많은 고통을 허용한 신을 받아들일 수 없었습니다. 하지만 신은 사랑과 완벽한 자비의 신이었습니다. 신은 내게 예수에 관한 진실을 말하라고, 게다가 공개적으로 말하라고 권유했습니다.

나는 신이 무슨 말을 하는지 몰랐습니다.

"저는 예수에 관한 진실을 모릅니다!" 나는 외쳤습니다. "설령 안다고 해도, 공개적으로 말하는 것은 너무 두렵습니다!"

"사랑하는 이여, 원하는 대로 하라." 신은 사랑으로 대답했습니다.

내 말에 대한 신의 반응은 무척 놀라웠습니다. 나는 그전까지 그런 수준의 사랑과 받아들임을 경험해 본 적이 없었습니다. 진실로 사랑의 신이었습니다. 허용하는 신이었습니다. 나는 심지어 신의 요청에 거절하는 것까지 허용되었습니다. 나는 여전히 사랑과 지복의 고양된 상태에 있었습니다.

나는 영원한 영역에 있었는데, 거기에는 시간이 있을 자리가 없어 보였습니다. 나는 가장 깊은 수준의 우주적 사랑을 경험하고 있었습니다. 모든 것에서 아름다움과 하나임을 보았습니다. 이 깨어남은 3주가량 강렬하게 지속되었고, 나는 약 3달 동안 바뀐 의식 상태, 깨어난 의식 상태에 머물렀습니다. 첫 깨어남이 통합되는 데는 얼마간 시간이 걸렸습니다.

나는 많은 책을 읽었고, 인도의 여러 영적 스승을 방문했습니다. 이제 내 상태는 훨씬 부드러워졌고, 나는 세상에서 더욱 쉽게 활동할 수 있었습니다. 나는 공부 모임을 열어, 내게 계시된 것을 사람들과 나누기 시작했습니다.

1984년 12월, 나는 첫 번째 깨어남을 경험한 수련회 장소로 돌아왔습니다. 이번에는 내가 수련회를 인도했습니다. 30명쯤 참석했는데, 대부분 나와 일 년 넘게 만난 사람들이었습니다. 이 수련회는 아주 강력했고, 거의 모든 사람이 가장 깊은 수준의 깨어난 현존에 열렸습니다. 수련회 마지막 날, 나는 다시 한 번 존재의 영원한 차원에 열리기 시작했습니다. 시간이 사라졌고, 나는 또 한 번의 절정 경험으로 들어가고 있었습니다. 첫 번째 경험보다 더 강력해 보였습니다. 나는 마주치는 모든 것과의 하나임을 경험했습니다. 마법 같았습니다. 신비와 경이로움으로 가득했습니다. 나는 완전한 침묵과 **현존**, 사랑의 상태에 있었습니다. 그리고 이 기간에 예수에 관한, 특히 예수가 십자가 위에 있던 때에 관한 깊은 계시를 받았습니다.

마침내 이 깨어남이 잦아들기 시작했을 때, 나는 완전히 탈진해 있었습니다. 며칠 동안 밤에 잠을 자지 못했고 제대로 먹지도 못했습니다. 몇몇 가까운 친구들이 나를 바이런 베이까지 태워다 주었고, 나는 그들의 집 뒤에 있는 오두막에 머물렀습니다. 침대에 쓰러져 사흘 동안 잠을 잤습니다. 잠에서 깨어났을 때, 나는 땅 위의 **천국**에 있었습니다. 나는 완전히 시간 밖에 존재했습니다. 나 자신이 첫 사람 아담처럼 느껴졌습니다. 눈에 보이는 모든 것은 신의 신성한 **현존**으로 가득 차 있었습니다. 나는 완전한 침묵의 상태에 있었고, 완전히 현존했으며, 사랑과 경이감, 놀라움이 넘쳐흐르고 있었습니다. 세 달쯤 지났을 때 내면 깊은 곳에서 뭔가가 움직였습니다. 나는 이 고양된 의식 상태에서 나와 시간의 세계로 다시 들어가야 한다고 느꼈습니다.

내가 경험한 것을 사람들과 나누어야 했습니다. 나는 서서히 다시 가르치기 시작했고, 다음 3년 동안 복잡하고 어려운 통합의 과정을 거쳤습니다.

1987년 1월에는 앞서 경험한 두 번의 깨어남보다 더욱 강렬한 세 번째 깨어남을 경험했습니다. 이때의 경험을 자세히 묘사하는 것은 이 책의 범위를 넘어서며, 신 의식으로의 완전한 깨어남이었다고 말하는 것으로 충분할 것입니다. 나는 존재의 불가사의를 여행했습니다. 나는 바위들과 나무들, 새들, 하늘이 되었습니다. 나는 시간을 처음부터 끝까지, 끝에서 처음까지 여행했습니다. 시작도 끝도 없는 차원들도 경험했습니다.

그 뒤로 세 번의 깨어남이 더 있었고, 나의 삶은 서서히 통합되는 과정을 거쳤습니다. 내가 사람들과 길(道)을 나눌 때, 그것은 더욱 단순해지고 더욱 엄밀해집니다.

나는 완전히 깨어날 준비가 된 사람들에게 도움이 될 수 있는 책을 몇 권 썼습니다.

첫 책은 《고요한 현존》입니다. 여기에는 첫 번째 깨어남에서 계시된 지혜 중 많은 부분이 담겨 있습니다. 《현존 명상》은 두 번째 책인데, 앞의 책에서 이어지며 깨어남의 길을 가는 사람들을 위한 상세한 안내가 담겨 있습니다. 이 책이 중점을 두는 것은 지금 이 순간으로 완전히 깨어나는 법, 일상생활을 하면서 깨어 있는 법입니다. 《모든 것은 하나다》는 이 시리즈의 세 번째 책입니다. 이 책은 심오하게 신비적인 책이며, 두 번째와 세 번째 깨어남에서 계시된 것 중 많은 부분이 담겨 있습니다.

2007년에 《지금 여기에 현존하라》가 출간되었습니다. 이 책은 내 가르침을 온전히 전하는 종합 안내서입니다. 이 책은 깨어남을 진정으로 추구하는 사람들이라면 결국 반드시 묻게 될 질문들에 대한 답변을 제공합니다. 더 최근에는 《빛을 찾아서(In Search of the Light)》가 출간되었습니다. 이 책은 어린이를 위한 그림책이며, 이탈리아 플로렌스에 사는 피암메타 도지가 아름답게 그림을 그려 주었습니다.

최근 두 권의 책이 더 출간되었습니다. 《예수 해방(Liberating Jesus)》은 두 번째 깨어남에서 내게 주어진 계시 중 많은 부분이 담겨 있습니다. 나는 요즘 에고에 관한 원고를 쓰고 있는데, 이 책은 2023년에 출간될 것입니다. 에고의 저항을 극복하는 것은 깨어남에서 가장 중요한 열쇠 중 하나입니다. 내 모든 책과 가르침의 주제는 아주 단순합니다. 현존하는 법, 자기 마음과 에고의 주인이 되는 법을 배우는 것입니다. 현존하면 삶의 모든 면이 향상됩니다. 현존은 우리에게 힘을 주고, 우리가 고통과 과거의 제한, 미래에 관한 걱정에서 해방되게 합니다.

근본적으로 현존할 때 우리는 판단, 두려움, 욕망 없이 살아갑니다. 우리는 받아들이는 상태로 살아갑니다. 세상에서 사랑으로서 살아갑니다. 남들의 견해와 기대들로 제한되거나 한정되지 않습니다. 분리되어 있다는 환상은 사라집니다. 우리는 평화를 강하게 느끼며 살고, 모든 것의 하나임을 계속 알아차리며 삽니다. 나는 당신이 열린 마음과 열린 가슴으로 이 책을 읽도록 초대합니다. 이제는 환상에서 깨어날 때입니다. 하나임으로 열릴 때입니다.

《현존 명상》이 출간된 지 35년이 넘었습니다. 나는 이 책을 갱신하는 것이 적절할 것이라고 느꼈습니다. 이 개정판은 초판의 내용이 많이 담겼지만, 책의 흐름을 개선하기 위해 일부 내용을 추가했습니다.

이 책은 아프고 제한된 과거를 치유하고 놓아 보내기 위한 것입니다. 이 책은 삶에서 더욱 현존하는 법을 배우도록 돕습니다. 이 책은 에고의 압제와 마음에서 해방되도록 돕습니다. 이 책은 자신이 여기에 있는 참된 목적을 스스로 발견하도록 돕습니다. 참된 충족을 발견하도록 돕습니다. 더 높은 의식 수준으로 깨어나도록 돕습니다. 이 책은 사랑, 자유, 힘을 위한 것입니다. 이 책은 하나임과 땅 위에 드러난 천국에 관해 얘기합니다. 이 책은 또한 신에 관해 얘기합니다. 깨어난 현존의 가장 깊은 수준에서, 당신은 모든 것에서 현존을 경험하기 시작할 것입니다. 내가 신이라고 부르는 것은 이 현존입니다.

나의 말들은 당신의 마음, 즉 당신의 이해하는 부분을 향하지 않습니다. 진실은 이해 너머에 있으며, 그것은 당신 존재의 중심에 있는 침묵에서 떠오릅니다. 진실은 우리가 현존할 때 누구나 동등하게 알아볼 수 있습니다. 이 책은 당신이 더욱더 현존하도록 장려하고 돕고 고취하기 위한 것입니다. 나중에 당신은 내가 하는 말을 직접 경험으로 알게 될 것입니다.

이 책을 읽는 가장 좋은 방법은 처음부터 끝까지 한 번 다 읽고 나서, 때때로 무작위로 들춰 보는 것입니다. 이 책에 담긴 글에는 힘이 있습니다. 이 글은 당신이 깨어나도록 영감을 불어넣을 수 있으며, 이미 길 위에 있는 사람에게는 분명한 안내자의 역할을 할 수 있습니다. 이제는 당신 안에 존재하는, 하지만 당신이 더욱더 현존할 때만 알아볼 수 있는 진실을 껴안을 때입니다. 진실만을 추구하십시오. 진실이 당신을 자유롭게 할 것입니다.

현존 명상

현존이라는 선물보다
더 큰 선물은 없다.

현존의 중요성

요즘 현존의 중요성에 관해 많은 이야기를 한다.
나는 어떻게 하면 완전히 현존할 수 있는지,
어떻게 하면 온전히 힘을 얻으면서
계속 현존할 수 있는지를 얘기하고 싶다.
온전히 현존하면 과거의 고통과 제한들에서 놓여날 것이다.
미래에 관한 두려움과 걱정에서 놓여날 것이다.
삶과 관계에서 더 많은 사랑과 조화를 경험할 것이다.
우리의 세계에 늘 현존하는 **하나임***으로 점점 더 열릴 때
분리되어 있다는 환상에서 깨어날 것이다.
현존**으로 더욱 깊어질 때
자신이 지금 이 순간의 풍요로움으로
점차 가득해진다는 것을 알게 될 것이다.
난생처음 참으로 충족되는 것을 느낄 것이다.

---

* Oneness. 모든 것이 하나이며 전체인 진실.—옮긴이

** *現存*. Presence. 굵은 글씨로 표기된 '**현존**(Presence)'은 늘 지금 여기에 있는 실
    재를 가리킨다. '**현존**'만이 실재한다. 동사 또는 동사의 명사형 '현존(present)'은
    지금 여기에 있다는 뜻이다. 현존하라 = 지금 여기에 있어라.—옮긴이

당신은 지금 여기에 있지 않다

마음속에 있을 때 당신은
기억된 과거나 상상된 미래 속 어딘가에 있다.
당신의 생각, 기억, 상상, 관념, 개념, 견해, 믿음의 세계에 있다.
당신은 지금 여기에 있지 않다.

· · ·

모든 생각은 당신을 마음의 과거와 미래 세계로 데려간다.
만약 생각이 전혀 멈추지 않으면,
당신은 언제나 마음속에 있다.
당신은 전혀 진정으로 현존하지 않는다.

· · ·

삶은 오직 지금 이 순간에만 존재한다.
마음속에 더 많이 빠져 있을수록
삶을 더 많이 놓칠 것이다.

마음의 세계

거의 모든 사람이 마음의 세계에 빠져 길을 잃었다.
그것은 환상의 세계이지만
우리는 그 세계에 너무나 깊이 빠져들었기에
그 세계가 실재한다고 믿는다.
우리는 마음의 세계가 실재한다는 믿음에
너무나 단단히 갇혀 있어
실제 세계가 들어가지 못한다.

·   ·   ·

사실, 지금 이 순간 바깥에는 삶이 없다.
사실, 당신은 지금 이 순간의 바깥에 존재하지 않으며
존재할 수도 없다.
생각하는 마음의 세계는 환상의 세계이지만
거의 모든 사람은 그것이 실재한다고 믿는다.
이는 마치 우리가 잠에 빠져 있고
우리가 사는 삶은 깨어나야 하는 꿈인 것과 같다.

나무는 현존한다

나무는 현존한다. 꽃은 현존한다.
들에서 풀을 뜯는 소는 현존한다.
개와 말은 현존한다. 사자와 사슴은 현존한다.
나비와 모기는 현존한다. 모래알 하나하나는 현존한다.
바다와 파도는 현존한다. 한없이 넓은 하늘은 현존한다.
흘러가는 구름 하나하나는 현존한다.
그들이 현존하지 않으면 어디에 있을 수 있겠는가?
나무에서 떨어지는 나뭇잎이
지금 이 순간 밖에서 떨어질 수 있는가?
노래하는 새가
바로 지금 여기 밖에서 노래할 수 있는가?
신의 세계에 있는 모든 것은 현존한다.
하나만을 제외하고. 사람들!

·　·　·

두 세계가 있다.
신의 세계, 지금 이 순간의 세계.
그리고
마음의 세계, 기억된 과거와 상상된 미래의 세계.
두 세계 모두 한없이 넓다.
그러나 실재하는 것은 하나뿐이다.

당신은 어디에 있는가?

일생의 어느 순간이든 늘 두 가지 가능성이 있다.
당신은 지금 실제로 여기에 있는 것과 순간순간 관련되며
숨 쉬는 몸 안에서 완전히 현존하거나,
아니면 마음속에 있다.
완전히 현존할 때
당신은 **현존**이라고 불리는 의식 상태에 있다.
당신은 지금 여기에 있다.
당신은 지금 이 순간의 진실과 실재를 경험하고 있다.
당신은 깨어 있다. 깨달았다.
당신은 신의 세계에 있다.

마음속에 있을 때
당신은 지금 이 순간을 버렸다.
환상에 불과한 마음의 세계를 위해
신의 세계의 진실과 현실을 버렸다.
생각과 상상의 힘을 이용하여
기억된 과거와 상상된 미래라는
마음의 세계로 들어갔다.
마음속에 있을 때
당신은 지금 여기에 있지 않다.
당신이 경험하는 것은 현실이 아니다.

마음

마음은 당신이 겪은 과거의 모든 경험을 저장한다.
마음에는 당신이 이 생애에서 경험한 모든 것이 담겨 있다.
이런 과거의 경험을 통해 당신은 자기의 정체성을 느낀다.
그 경험들은 자신이 어떠어떠한 사람이라는 느낌을 주지만,
자신이 누구라는 이런 느낌은 과거에 기초한다.
당신의 마음에는 이 생애의 모든 과거 경험뿐 아니라
모든 전생의 모든 경험도 담겨 있다.
시간이 시작된 이후로 살았던 모든 사람의
집단적인 경험까지 담겨 있다.
마음은 놀랍도록 경이로운 도구다.
마음속으로 한번 들어가 보라.
길을 잃기는 아주 쉽다.

•   •   •

마음은 생각의 복잡한 네트워크*다.
마음은 당신의 모든 과거 경험, 믿음, 개념,
관념과 견해로 프로그래밍 된다.
마음에는 과거의 모든 제한과 아픈 경험이 담겨 있다.
마음은 당신의 자아의식, 관계, 삶의 경험에
깊은 영향을 미친다.

---

*   그물망처럼 연결된 체계.—옮긴이

어떻게 마음으로 들어가는가?

당신은 생각하여 마음으로 들어간다.
생각할 때마다 자신을 마음의 세계로 데려간다.
완벽하게 지성적인 생각이든
심오하게 영적인 생각이든 아무 차이가 없다.
생각의 결과는 다 똑같다.
생각은 당신을 마음의 세계로 데려간다.
기억된 과거와 상상된 미래의 세계.
생각과 믿음의 세계. 견해와 관념의 세계.
기억과 상상의 세계. 개념과 추상의 세계.
환상의 세계.
마음에서 빠져나오고 싶다면,
무의식적인 생각, 의도하지 않은 생각이
멈추어야 할 것이다.

• • •

사실, 당신은 지금 여기 말고는 어디에도 있을 수 없다.
지금 여기 아닌 다른 곳에 있는 경험은
당신이 마음의 과거와 미래 세계로 들어간 뒤
거기에서 펼쳐지는 이야기에 동일시될 때
만들어지는 환상이다.

인간의 근본적인 선택

우리에게는 자유 의지가 주어져 있는데,
자유 의지란 선택할 자유가 있다는 뜻이다.
우리는 날마다 선택을 하며,
이 선택들은 필연적으로 뒤따르는 결과로 이어진다.
예를 들어, 오늘 먹으려고 선택한 음식은
내일 당신의 몸무게, 건강, 행복감에 영향을 미칠 것이다.
만약 당신이 계속 화를 내거나
과거의 원망을 붙들고 있기로 선택한다면,
또는 감정들을 억누르기로 선택한다면,
당신의 삶과 관계에 영향을 미칠 결과들이 뒤따른다.
우리가 오늘 경험하는 많은 결과의 원인은
우리가 과거에 한 선택들로 거슬러 올라갈 수 있으며,
때로는 아주 어린 시절까지 거슬러 올라갈 수 있다.
그런데 자유 의지의 핵심에는
우리가 알아차리지 못하는 근본적인 선택이 있다.
이 근본적인 선택은
우리 삶의 모든 면에 영향을 미칠 뿐 아니라
영혼의 삶과 여행에도 영향을 미친다.

인간의 근본적인 선택…

이 근본적인 선택을 인식하면,
우리가 이 땅에서 살아가기로 선택하는 방식이 변화될 것이다.
우리는 끊임없이 이어지는 생각의 흐름과 함께 살고 있는데
대다수 생각은 우리가 알아차리지 못하고 의도하지 않은 것이다.
우리의 마음은 거의 침묵하지 않는다.
이는 우리가 거의 항상 마음의 과거나 미래 세계에서만
살고 있다는 뜻이다. 우리는 기억, 상상,
관념, 개념, 믿음의 세계에서 살고 있다.
본질적으로, 그것은 분리와 환상의 세계다.
이는 마치 우리가 꿈속에서 살고 있으면서
꿈에서 깨어날 때까지 이를 깨닫지 못하는 것과 같다.

꿈에서 깨어나는 것은
과거와 미래로부터 지금 이 순간으로 깨어나는 것이다.
환상으로부터 삶의 진실로 깨어나는 것이다.
지금 이 순간을 통해 드러나는 삶의 진실,
투사(投射)가 없고 판단과 믿음이 없는
삶의 진실로 깨어나는 것이다.
그것은 분리로부터
하나임의 깨달음으로 깨어나는 것이다.

환상의 세계

마음속에 있을 때, 당신은 과거나 미래에 있다.
당신이 있지 않은 유일한 곳은 지금 이 순간이다.
현실은 오직 지금 이 순간에만 존재한다.
그러므로 마음속에 있을 때
당신이 경험하는 것은
현실이 아니다.

· · ·

마음은 컴퓨터와 같고, 컴퓨터가 그렇듯이
오로지 프로그래밍에 따라서만 운영될 수 있다.
그러니 당신의 마음이 언제, 어떻게
프로그래밍 되었는지 물어야 한다.
마음의 프로그래밍은
삶과 관계의 모든 면에 영향을 미치기 때문이다.

마음의 프로그래밍

세상에 들어왔을 때 당신은 매우 현존하는 작은 존재였지만
당신이 들어온 세상에는 참으로 현존하는 사람이 아무도 없었다.
거의 모든 사람이 마음의 과거와 미래 세계에 빠져 있었다.
아주 어린 아기였던, 또는 아주 어린 아이였던 당신에게 정말로
필요했던 한 가지는 어머니와 아버지가 당신과 함께 진정으로
현존하는 것이었다. 만약 그들이 온전히 현존했다면, 그들은
당신의 모든 필요를 보살폈을 것이다. 그들은 아주 깊은 수준에서
당신을 보고, 당신의 소리를 듣고, 당신을 보살폈을 것이다.
그들이 참으로 현존했다면, 당신은 그들에게서 나오는
현존의 에너지를, 사랑과 받아들임의 에너지를 느꼈을 것이다.
어린아이였던 당신에게 정말로 필요한 것은 그것뿐이었지만,
그들은 현존하지 않았다. 이 때문에 당신은 외로움을 느꼈고,
자신을 위해 진정으로 여기에 있어 주는 사람이 아무도 없다고
느꼈다. 이로 인해 마음의 프로그래밍이 시작되었다.
그런데 만약 어머니가 정서적으로 함께할 수 없었거나,
사랑과 애정을 표현하기 힘들었거나, 그저 너무 바빠서
당신에게 필요한 방식으로 보살펴 줄 수 없었다면 어떠했을까?
그랬다면 아마 당신은 사랑받지 못한다고,
자신이 사랑스럽지 않다고 느꼈을 것이다.
만약 아버지가 기분이 안 좋은 채로 집에 돌아왔는데,
술을 너무 많이 마셨고, 화가 났으며,
적절하지 않은 방식으로 화를 표출했다면 어떠했을까?

마음의 프로그래밍…

그러면 당신은 안전하지 않다고 느꼈을 것이다.
두려움을 느꼈을 것이다.
만약 아버지가 당신을 판단하거나 비판했다면,
당신은 부족한 아이라고, 또는 무가치한 아이라고,
또는 자신에게 무언가 잘못이 있다고 느꼈을 것이다.
만약 부모가 너무 심하게 통제했다면, 당신은
자기 자신으로 있을 수 없다고, 자기를 표현할 수 없다고,
원하는 것을 가질 수 없다고 느꼈을 것이다.
다음은 어린 시절 당신의 마음에 프로그래밍 되었을지 모를
제한하는 믿음 중 일부 예다.

나는 혼자다. 나를 위해 여기에 있어 줄 사람은 아무도 없다.
나는 버림받았다. 나는 사랑받지 못한다. 나는 사랑스럽지 않다.
나는 무가치하다. 나는 부족하다. 나는 중요하지 않다.
진짜 나 자신으로 있는 것은 괜찮지 않다.
나는 다른 사람들이 내게 원하는 것을 받아들여야 한다.
나는 올바른 것을 해야 한다. 나는 사람들을 기쁘게 해야 한다.
나는 원하는 것을 가질 수 없다.
나는 원하지 않는 것을 받아들여야 한다.

만약 이런 제한하는 믿음 중 일부가 당신의 마음에 존재한다면,
그 믿음에 부합하는 결과들이 뒤따를 것이다.

마음의 프로그래밍…

만약 자신이 사랑받지 못한다거나 사랑스럽지 않다고 느낀다면,
사랑을 찾으려고 삶을 많은 부분을 쓰더라도
성공하지 못할 것이다.
설령 백 명이 지금 당신을 사랑하고 있어도
당신은 그렇다고 느끼지 않을 것이다.
당신은 그 사랑을 받아들이지 못할 것이다.
더 깊은 무의식 수준에서는 자신이 사랑받지 않는다고 느끼기
때문이다. 만약 자신이 실패자라고, 또는 부족한 사람이라고
느낀다면, 자신이 괜찮은 사람이라는 것을 증명하기 위해
삶의 많은 부분을 쓸지 모른다. 그러나 설령 대단한 성공을
거두더라도, 자신이 부족한 사람이라고 느낄 것이다.
왜냐하면 그런 믿음이 무의식 수준에서
마음에 프로그래밍 되었기 때문이다.
이런 제한하는 믿음들에서 해방되고 싶다면,
그런 믿음을 의식하고, 이런 믿음 중 어느 하나도 진실하지
않으며, 그것들은 그저 조건 지어진 결과물일 뿐임을
알아차려야 한다. 제한하는 믿음들은 과거에서 나오며,
지금 이 순간과는 아무 상관이 없음을 알아차려야 할 것이다.
제한하는 믿음들은 마음에 프로그래밍 되었을 뿐 아니라,
여전히 당신 안에 억눌려 있는 과거의 모든 감정을 수반한다.
우리는 저마다 자기 안에 억눌려 있는 감정들의 저장고가 있다.
그 감정들은 몸 안에 저장된다. 맨 위층은 화이며,
그것은 가장 다루기 어려운 감정이다.

마음의 프로그래밍…

현존으로 더 완전히 열리고 싶다면, 화와 올바르게 관계하는 법을
배워야 하며, 몸 안에서 화를 놓아 보내는 과정을 거쳐야 할
것이다. 화의 밑에는 상처와 슬픔의 층이 있다.
우리 대다수는 느끼고 싶지 않은 과거의 상처를 지니고 있다.
이런 아픈 감정들을 계속 억누르는 한, 우리는 그 아픈 과거에
사로잡혀 있을 것이며, 그것을 현재로 투사할 것이다.
상처와 아픈 감정의 밑에는 어린 시절에 채워지지 못한
모든 필요가 있다. 우리는 사랑받는다고 느낄 필요가 있다.
자신이 가치 있다고 느낄 필요가 있다.
우리는 받아들여지고 소속된다고 느낄 필요가 있다.
우리는 이런 채워지지 않은 필요들을 충족시키려 애쓰면서
여생을 보내며, 그러는 동안 사랑과 받아들임, 인정을
다른 사람들에게서 구하면서 자기를 잃어버린다.
채워지지 않은 필요의 층 밑에는 두려움이 있다.
가장 깊은 수준에서, 그것은 살아남지 못할 것이라는 두려움이다.
만약 내가 혼자고 나를 위해 여기에 있어 줄 사람이
아무도 없다면, 나는 죽을 것이다.
이 두려움은 아주 어린 시절에서 비롯되었으며,
부모가 당신을 위해 현존하지 않은 순간마다 강해졌다.
삶의 아픈 이야기에서 해방되고 싶다면, 이런 과거의 감정들이
의식 표면으로 떠올라서 책임 있게 표현되도록 허용하는 과정을
거쳐야 할 것이다. 그러면 평화, 사랑, 자유로 이어질 것이다.
훨씬 더 깊은 **현존**의 수준들로 열릴 기회가 생길 것이다.

과거를 불러내기

과학자들이 뇌의 특정 부분들을 조사하고 자극하는 실험을 했다.
실험 대상자는 현실처럼 생생해 보이는
과거의 기억으로 돌아갔다.
색깔, 냄새, 소리와 풍경이 모두 현실처럼 경험되었다.
과거에 경험된 원래의 느낌과 감정들은
완벽하게 현실처럼 회상되고 재현되었다.
이는 마음속에 있을 때 당신은
심지어 알아차리지도 못한 채
과거의 경험으로 퇴행할 수 있음을 뜻한다.
당신은 마법사처럼 그런 과거의 경험에 얽힌
온갖 감정을 불러내어 지금 이 순간으로 투사한다.
그리고 자신이 경험하는 것이 실재하지 않는데도
그것을 현실이라 굳게 믿는다.
하지만 당신이 과거로부터 지금 이 순간으로
투사하는 것은 모두 환상일 뿐이다.
당신은 자기만의 환상의 세계를 창조하고 있다.

간단한 시험

생각하고 있다면 당신은 마음속에 있다.
간단한 시험.

.   .   .

내가 얼마나 적게 생각하는지를 알면
당신은 무척 놀랄 것이다.
나는 생각을 멈추려 하지 않는다.
필요하면 생각한다.
하지만 그 너머에서, 나는 생각하지 않는다.

.   .   .

과거나 미래에 관해서만 생각할 수 있다.
현재에 관해서는 생각할 수 없다.
현재에 관해 생각하려면 지금 이 순간을 떠나야 한다.

생각하기를 선택할 수 있다

당신은 생각하기를 선택할 수 있다.
생각하면서도 현존할 수 있다.
당신이 지금 생각하고 있다는 사실은 실제다.
당신이 생각하는 내용은 실제가 아니다.
만약 생각하려고 의도하지 않는데도 생각하고 있다면
마음이 스스로 생각하고 있는 것이다.
마음이 스스로 생각할 때
당신은 마음의 세계에 사로잡혀 있다.
자기 마음의 감옥에 갇혀 있다.

생각하는 것은 문제가 없다

생각하는 것은 문제가 없다.
마음의 세계로 들어가는 것도 문제가 없다.
자신이 환상의 세계로 들어가고 있음을 알고,
지금 이 순간만이 삶의 진실임을 안다면.
시간의 세계에서 생각과 기억, 상상을 가지고 놀 수 있다.
즐겨라. 그러나 조심하라!
그 세계에서는 길을 잃기 쉬우니.
생각과 기억, 상상 가운데 어느 하나라도 동일시한다면,
또는 그 가운데 어느 하나라도 너무 심각하게 받아들인다면,
당신은 지금 이 순간과 삶의 진실에서 분리될 것이다.
당신은 왜곡된 기억과 거짓된 약속으로 가득한
마음의 환상적인 세계를 위하여
신, 사랑, 진실, 그리고
지금 이 순간을 버리고 있을 것이다.

•　　•　　•

자기의 생각, 견해, 믿음을 더 많이 믿을수록
마음의 환상적인 세계에 더 많이 빠져들 것이다.
나는 생각하는 것이 필요하거나 알맞을 때는 생각한다.
하지만 그 너머에서, 나는 생각하지 않는다.

억눌린 감정

과거에 억눌린 감정이 내면에 많을수록,
근본적으로 현존하기는 그만큼 어렵다.
억눌린 감정은 빈번하게 자극을 받으며,
그 감정이 자극을 받아 분출되면,
당신은 지금 이 순간 바깥으로 끌려 나와
과거의 그 경험으로 들어가며,
그 경험을 지금 이 순간으로 투사한다.
당신은 더는 삶의 진실 안에 있지 않다.
사실 당신은 과거로 퇴행해 버렸지만,
그 사실을 알아차리지 못한다.
억눌린 감정은 자극을 받아 분출되지 않을 때도
계속 밖으로 새어 나와 삶의 경험을 왜곡한다.

•　•　•

지금 이 순간, 당신은 모든 규정의 너머에 있다.
이는 당신이 더는 과거의 아픔이나 제한들로
규정되지 않는다는 뜻이다.
더는 자신의 판단, 견해, 믿음들로 규정되지 않으며,
남들의 판단, 견해, 믿음들로도 규정되지 않는다.

당신은 누구인가?

당신이 느끼는 정체성은
얼마나 많은 부분이 과거 경험의 기억에 기초하는가?
과거를 참고하지 않으면
지금 이 순간, 당신은 누구인가?
과거나 미래를 참고하지 않으면
지금 이 순간, 삶은 어떠한가?
현존하게 되면서, 과거에 대한 우리의 유일한 관심은
자기를 과거에서 해방하는 것이다.

• • •

자신이 본의 아니게 **현존**에서 끌려 나오는
모든 방식을 알아차리면,
마음과 에고에 통달하게 될 것이다.
이는 참된 깨어남에 꼭 필요하다.

• • •

대다수 우리는 미래의 실현을 추구하도록 길들여졌다.
미래에 실현될 것이라는 약속은
모든 인류를 노예로 만든 거짓 약속이다.

딩신은 지금 이 순간 현존하는가?

지금 이 순간, 당신은 현존하는가,
아니면 마음속에 있는가?
정말로 현존한다면, 당신은 깨어난 존재다.
적어도 이 순간에는.
만약 지금 여기를 떠나 마음속으로 들어간다면,
당신은 과거를 기억하고 미래를 상상하는 세계로 들어가고 있다.
기억, 상상, 관념, 생각, 견해, 믿음들로 이루어진
환상의 세계로 들어가고 있다.
분리의 세계로 들어가고 있다.
지금 이 순간을 통해 드러난 삶의 진실과
분리되었다는 뜻에서….
당신은 참된 자기의 진실과 분리되었다.
지금 이 순간인 당신의 차원과….
당신은 사랑, 받아들임, 힘, 자비의 진실과 분리되었다.
신과 분리되었고, 땅 위의 천국과 분리되었다.

이야기 속에

과거와 미래라는 이 환상의 세계를
나는 때때로 당신 마음의 세계라고 부른다.
때로는 이야기라고 부른다.
모두 같은 뜻이다.
현존하지 않을 때 당신은 마음속에 있다.
당신은 이야기 속에 있고, 꿈속에 있는데,
우리의 존재 목적은
이야기에서 빠져나오는 것이다,
꿈에서 깨는 것이다.

•　　•　　•

우리는 지금 여기에 있지 않은 세계를 위해
지금 여기의 세계를 버렸다.

산책

그는 어느 날 산책을 나갔다.
한참 길을 걷던 그는 문득 자신이 혼자라고,
길을 잃었다고 느꼈다.
그는 그 느낌을 밀어내지 않고 그대로 머물도록 허용했다.
"나는 길을 잃었어. 나는 혼자야." 그는 울었다.
내면에서 깊은 슬픔이 올라왔다.
갑자기 더 깊은 곳에서 어떤 목소리가 들렸다.
"만약 네가 길을 잃었다면, 너는 어디에 있지?"
그의 존재의 목소리였다. 진실의 목소리였다.
그는 멈추어 서서 그 질문에 관해 곰곰이 생각해 보았다.
"만약 내가 길을 잃었다면, 나는 어디에 있지?"
그는 큰소리로 물었다. 그는 자리에 앉아서
자기의 감정들과 함께 최대한 오래 머물렀다.
"나는 길을 잃었다. 나는 혼자다!"
이 말을 그는 여러 번 되풀이했다.
그의 존재의 목소리가 다시 한 번 부드럽게 물었다.
"너는 네가 길을 잃었다고 말한다.
그렇다면 너는 어디에 있지?"

산책…

그는 자신이 어디에 있는지 알려고 노력했다.

갑자기 분명한 깨달음이 왔다. 그는 외쳤다.

"나는 마음속에서 길을 잃었다!"

아주 단순했다. 그는 마음속에서 길을 잃었다.

기억된 과거의 어디에선가 길을 잃었다.

또는 상상된 미래의 어디에선가.

한 가지는 분명했다.

그가 지금 여기에 있지 않다는 것.

그는 눈을 감았고 깊이 고요해졌다.

그는 자기의 몸과 호흡을 잘 알아차리게 되었다.

주변의 소리들을 잘 알아차리게 되었다.

얼굴을 부드럽게 어루만지는 산들바람을 느낄 수 있었다.

그는 고요해졌다.

자신이 깊이 현존하고 있음을 느끼기 시작했다.

길을 잃었다는, 혼자라는 느낌은 사라졌다.

그는 잠시 멈추고 조용히 감사했다.

그는 눈을 떴고,

새 한 마리가 하늘로 솟구쳐 오를 때

그의 가슴은 기쁨을 터뜨렸다.

준비된 사람들에게

어떻게 하면 마음의 세계에서 해방될 수 있을까?
끝없이 재잘거리는 생각에서 해방될 수 있을까?
어떻게 하면 깨어남의 모든 장애물을 극복할 수 있을까?
인간은 수천 년 동안 깨어남의 길을 걸어왔지만,
깨어난 사람은 아주 드물다.
이제는 바뀌어야 한다.
우리가 이 행성에서 계속 무의식적으로 살아가기에는
우리의 기술이 너무 발전했다.
우리는 무의식 속에서 자기 자신뿐 아니라
서로에게, 자연 세계와 환경에 너무 파괴적이다.
주의하지 않으면 우리는 이 행성을
인간이 살 수 없는 곳으로 만들어 버릴 것이다.
준비된 사람들이여, 이제는 깨어날 때다.

참된 집

꿈에서 깨어난다는 것은
지금의 순간으로 완전히 깨어난다는 뜻이다.
당신이 이 순간 여기에 있고, 다른 곳에 있지 않다는 뜻이다.
지금 이 순간으로 충분하다.
당신은 온전하며 완전하다고 느낀다.
아무것도 빠진 게 없다.
만약 지금 이 순간에 근본적으로 자리 잡아서 더는
원하지 않을 때 마음의 세계로 끌려 들어가지 않으면,
당신은 근본적으로 깨어 있다.
물론 여전히 생각할 수 있지만, 이제는 의식하면서 생각한다.
당신은 현존하며, 생각하기를 의식하면서 선택하지만,
생각에 빠져 길을 잃지 않으며,
과거의 기억이나 미래의 상상에 깊이 빠져들지 않는다.
그리고 의식하면서 생각하기를 마치면,
자연스럽게 지금 이 순간으로 돌아온다.
당신은 시간의 세계에서 놀지만,
그것은 당신이 사는 세계가 아니다.
당신의 참된 집은 지금의 세계다.

깨어나고 싶다면

깨어나고 싶다면, 다음 질문들을 곰곰이 생각해 보라.

내가 살면서 하는 선택들은
내가 **현존** 안에 있도록 돕고
평화, 사랑, 하나임으로 더 깊이 들어가도록 인도하는가?
아니면, 내가 하는 선택들은
현존에서 멀어져 분리로 더 깊이 들어가게 하는가?
나의 행동은 두려움에서 나오는가,
아니면 사랑에서 나오는가?

•　　•　　•

현존하는 것이 얼마나 간단한 일인지를
깨닫는 것이 꼭 필요하다.
지금 이 순간은 언제나 여기에 있으면서 당신을 기다린다.
지금 이 순간은 생각의 세계에 빠지는 대신,
지금 여기에 있는 것과 함께 현존하도록
당신을 끊임없이 초대한다.

해방

문제들을 해결하고, 한계들을 극복하고,
상처들을 치유하려고 애쓰면서 평생을 보낼 수도 있다.
그런데 그것들은 과거에 속하며,
지금 이 순간과는 아무 관계가 없다.
지금 이 순간으로 깨어나는 편이 훨씬 쉬울 것이다.
지금 이 순간에는 그런 제한들과
상처받은 감정들이 존재하지 않기 때문이다.

· · ·

현존한다고 해서 더는 생각하지 않는 것이 아니다.
현존하면 더 명료하게 생각한다.
현존은 시간의 세계 속 당신의 삶을 앗아 가지 않는다.
오히려 그 삶을 더 좋게 향상시킨다.

해방의 길

삶의 매 순간, 당신에게는 선택권이 있다.
현존하기를 선택할 수도 있고,
자신이 생각에 빠져
마음속에서 길을 잃도록 허용할 수도 있다.
그것이 선택권이다.
자신에게 그런 선택권이 있음을 아는 것은
깨어나는 여행의 시작이다.
현존을 직접 경험해야 한다.
현존은 마음을 초월해 있다.
현존은 마음으로 알 수 없지만
한번 직접 경험해 보면,
내가 무슨 말을 하는지 알게 될 것이다.
그것은 단지 마음에 의한 이해만이 아닐 것이다.
그것은 **현존**과 침묵의 직접 경험일 것이다.
그러나 그런 **현존** 경험만으로는 충분하지 않다.
마음의 세계라는 미로에서 빠져나오는 법을 배워야 한다.
현존 밖으로 계속 끌려 나오지 않도록.

마음의 초월

현존할 때 당신은 마음과 에고를 초월하므로
자기의 마음과 에고를 지켜볼 수 있다.
생각이 일어날 때 생각에 빠지지 않고 생각을 알아차릴 수 있다.
마음속으로 너무 멀리 들어갈 때, 우리는 분리의 세계로 들어가며
분리되어 있다는 느낌에서 벗어나려 애쓰면서 여생을 보낸다.

·   ·   ·

현존하게 되면, 분리되어 있다는 환상에서 점차 벗어나며
삶이 기쁨과 사랑, 진실, 자유로 가득해질 것이다.
당신은 서서히, 때로는 갑자기, **하나임**의 경험에 열릴 것이다.

·   ·   ·

대다수 우리는 생각에 너무 중독되어 있고
마음의 세계에서 사는 것이 습관으로 굳어져서
그 감옥에서 자신을 해방하는 일이 그리 쉽지는 않다.

·   ·   ·

깨어남은 심각한 일이 아니다.
그것은 지금 이 순간을 부드럽게 기억하는 것이며,
지금 이 순간을 삶의 진실로 존중하는 것이다.

깨어남의 두 스텝

깨어남의 길은 단순하다. 마치 두 스텝으로 추는 춤과 같다.
첫 번째 스텝은 자기를 현존으로 데려오는 것이다.
이 첫 스텝에서는 자기를 마음의 과거와 미래 세계에서 해방한다.
당신은 현존하는 법을 배우고 있으며,
현존할 때는 생각이 멈춘다. 마음이 침묵한다.
당신은 내면의 침묵, 사랑, 평화, 진실로 열린다.

첫 번째 스텝은 쉬운 부분이다. 두 번째 스텝은 더 어렵다.
자기를 현존으로 데려오는 것은 어렵지 않지만, 일상생활을 하고
인간관계에 참여하면서 계속 현존하는 것은 어려울 때가 많다.
두 번째 스텝에는 스스로 원하지 않는데도 지금 이 순간 밖으로
끌려 나오는 모든 방식을 알아차리는 것이 포함된다.
현존을 가로막는 장애물을 알아차리는 것이 포함된다.
당신이 판단하고 부정하거나 다른 사람들에게 투사해 온,
치유되지 않고 의식되지 않은 자기의 모든 면을 알아차리는 것이
포함된다. 첫 번째 스텝은 현존의 깨어난 상태로 인도한다.
두 번째 스텝은 마음과 에고에 통달하도록 인도한다.

두 번째 스텝은 네 가지 범주로 나눌 수 있다.
첫째 범주는 에고의 저항이다. 깨어나고 싶다면, 에고의 저항을
극복해야 할 것이다. 에고가 당신을 지금 이 순간 밖으로 끌어내는
모든 방식을 알아차려야 할 것이다. 에고는 무의식적인 수준에서
활동하도록 허용될 때만 당신을 통제할 수 있다.

깨어남의 두 스텝…

현존할 때 당신은 에고를 초월하며,
그래서 에고의 미묘한 움직임을 지켜볼 수 있다.
현존할 때 당신은 사랑, 받아들임, 자비의 에너지로 에고를
대할 수 있다. 에고의 저항을 극복할 다른 방법은 없다.

두 번째 스텝의 둘째 범주는
당신이 판단하고, 자기 자신과 다른 사람들에게 숨겨 온,
자아의 모든 면을 알아차리는 것이다.
사실, 당신은 사랑, 받아들임, 자비다.
당신은 내면에서 힘을 얻는다.
당신은 하나임의 깨달음 안에서 존재한다.
딩신은 영원한 존재다.
하지만 우리가 삶이라고 부르는 이 여행을 하는 동안,
당신은 어떤 사람이 되었는가?
자기의 진실로 깨어나고 싶다면, 자기의 현재 모습을
인정하고 고백해야 할 것이다. 삶의 모든 순간은 그럴 기회를
충분히 제공한다. 못되고, 탐욕스럽고, 감사할 줄 모르며,
교묘하게 남을 조종하고, 남과 경쟁하고, 지배하려 하고,
판단하고, 통제하려 하며, 불안해하고, 두려워하고,
무엇인가를 바라고, 상처받고, 화내고, 거짓되고, 가장하며,
숨기려 하고, 투사하고, 억누르고, 방어하는
당신의 그 차원에 현존의 의식을 가져오라.

깨어남의 두 스텝…

이런 성질들을 바꾸라는 말이 아니다.
어떤 식으로든 자기 자신을 판단하지 않는 것이 중요하다.
이런 성질들이 일상생활이나 다른 사람과의
상호 작용 중에 올라올 때 그저 지켜보라.
이런 성질들이 내면에서 일어날 때 그것들을 의식하라.
알아차려라. 인정하라. 받아들여라. 고백하라.
자기의 이런 면들이 드러날 때 사랑, 받아들임, 자비로 대하면,
그것들은 편안히 이완하면서 당신을 놓아줄 것이고,
당신은 현재 자기 모습의 진실에 더욱더 열릴 것이다.

두 번째 스텝의 셋째 범주는 중요하다.
과거로부터 내면에 억눌린 감정들을 지니고 있는 한,
지금 이 순간에 근본적으로 자리 잡을 수 없다.
왜냐하면 이런 억눌린 감정들을 촉발시켜 과거를 미래로
투사하게 만들 사람이 당신의 삶에 늘 있을 것이기 때문이다.
그럴 때 당신은 더이상 현재 알맞게 반응할 수 있는
어른이 아니다. 당신은 상처받은, 화가 난, 애정에 굶주린,
두려워하는 어린아이로서 고통스러운 과거를 기반으로 대응하며,
그 과거를 지금 이 순간으로 투사할 것이다. 깨어나는 과정의
일부는 자기 안에 억눌린 그런 감정들을 비워 내는 것이다.
여기에는 화, 상처, 채워지지 않은 필요와 두려움,
당신의 어린 시절에서 유래한 그 모든 것이 포함된다.

깨어남의 두 스텝…

넷째이자 마지막 범주는
다른 사람들 안에서 자기를 잃는 모든 방식을
알아차리는 것이다. 만약 내가 당신에게
나를 좋아하거나 사랑하거나 인정해 주기를 원한다면,
나는 미묘한 방식으로
당신 안에서 나 자신을 잃고 있다.
당신에게 내 모든 힘을 주고 있다.
만약 내가 당신의 거절이나 판단을 두려워한다면,
나는 당신 안에서 나 자신을 잃고 있다.
사실, 우리는 모두 절망적으로 서로에게 빠져 길을 잃고 있다.
이것들은 우리 안에 깊이 뿌리박힌 패턴들이며,
우리가 사랑, 받아들임, 자비로 알아차릴 때
이런 패턴들은 서서히 사라질 것이다.

깨어나는 과정이 끝나면,
당신은 자기 마음과 에고의 주인이 될 것이며,
더는 원하지 않을 때 **현존** 밖으로 끌려 나오지 않을 것이다.
당신은 근본적으로 현존할 것이다.
당신은 의식하는 깨어난 존재일 것이다.
깨어난 **존재**는 근본적으로 현존하며,
무의식적인 마음이 의식의 빛에 완전히 드러난 사람이다.
깨어난 **존재**는 이야기가 있지만
더는 이야기와 동일시하거나 이야기에 빠지지 않는다.

첫 번째 스텝 – 현존하기

깨어남의 첫 번째 스텝은 **현존**을 선택하는 것이다.
이 말은 현존하기를 날마다 많이 선택해야 한다는 뜻이다.
더 자주 현존할수록 **현존**의 차원이 내면에서 더 많이 열릴 것이다.
현존한다는 것은 자기의 감각들로 돌아오는 것이다.
지금 이 순간 보는 것, 듣는 것, 느끼는 것,
냄새 맡는 것, 맛보는 것, 접촉하는 것과 함께 현존할 수 있다.
정말로 현존하는 순간, 마음은 침묵할 것이다.
이제 당신은 생각의 세계에 빠지지 않고 현존한다.

눈을 감고 있을 때는
숨 쉬는 몸과 함께 현존할 수 있다.
순간순간 들리는 소리와 함께 현존할 수 있다.
얼굴에 스치는 공기의 느낌이나
등에 맞닿은 의자의 느낌과 함께 현존할 수 있다.
몸의 움직임과 함께 현존할 수 있다.
무엇과 함께 현존하는지는 중요하지 않다.
지금 이 순간 자신과 함께 여기에 있는 어떤 것과
현존하기만 하면 된다.
이제 당신은 삶의 진실 안에서 깨어 있고,
이 순간이 자기에게 실제로 주어지는 유일한 삶임을 알며,
편안히 이완하면서 점점 더 **현존**으로 들어간다.

부드럽게 기억하기

마음에서 빠져나오는 데
유일하게 도움이 되는 것은
부드럽게 기억하는 것이다.
부드럽게 기억함으로써
자신이 생각하고 있음을 알아차리고,
지금 이 순간 자신과 함께 있는 어떤 것과 현존함으로
돌아온다. 관심을 현존으로 옮긴다.
정말로 현존하는 순간, 생각이 멈출 것이다.
마음이 침묵할 것이다.
그리고 지금, 당신은 여기에 있다.
당신은 깨어난 존재다.
적어도 정말로 현존하는 그런 순간들에는.

마음에서 빠져나오려면

마음은 지금 이 순간으로 들어올 수 없다.
생각은 언제나 과거나 미래에 관한 것이다.
그러니 당신이 할 일은
지금 여기에 있는 것과 직접 관련되는 것이 전부이며,
그러면 마음에서 빠져나올 것이다.
현존하게 될 것이다.
다른 가능성은 없다.

. . .

정말로 현존할 때, 당신은
다른 순간이 아니라 이 순간에 존재한다.
현존 안에서, 당신은
더는 과거로 규정되거나 제한되지 않는다.

이해할 수 없는 역설

우리는 '그것'이 되기 위해 여행하고 있다.
그런데 우리는 이미 '그것'이다.
이것이 우리 삶의 이해할 수 없는 역설이다.

•　　•　　•

당신이 찾는 그것은 이미 여기에 있다.
당신이 그것을 알아보지 못하는 까닭은
그것을 찾고 있기 때문이다.

지금 이 순간을 기억하기

지금 이 순간의 진실과 현실을 선택할 때는
어떤 판단도 없이 그렇게 해야 한다.
당신은 마음을 거부하지 않으며
생각을 멈추려고 하지 않는다.
그저 자신이 생각하고 있음을 알아차려라.
생각함으로써 자기를
마음의 과거와 미래 세계로 데려갔음을 알라.
그 단순한 사실을 알아차려라.
그 뒤 선택은 당신의 것이다.
당신은 마음속에 머무를 수 있다.
아니면, 지금 이 순간 자신과 함께 있는 것과 현존하도록
자기를 아주 부드럽게 데려올 수 있다.

지금 앞에 있는 나무와 함께 현존하도록
자기를 데려오라. 나무의 현존과 만나라.
새들의 노랫소리를 들어라.
얼굴에 와 닿는 공기의 시원함을 느껴라.
꽃들의 향기를 맡아라.
숨 쉬는 몸을 알아차려라.
당신이 무엇과 함께 현존하는지는 중요하지 않다.
의자일 수도 있고, 문손잡이일 수도 있고,
책상 위에 놓인 펜일 수도 있다.

지금 이 순간을 기억하기…

그것이 부드러운 기억이다.
당신은 생각을 멈추려 하지 않는다.
마음을 거부하지 않는다.
거기에는 판단이 없다.
당신은 단순히 지금 여기에 있는 것에
관심을 두는 것만을 기억하고 있다.
당신이 현재에 관심을 둘 때
과거와 미래에 관한 생각이 사라진다면,
그것은 신의 일이다.
당신은 천진하다.
당신은 그것을 찾고 있지 않았다.
그냥 그런 일이 일어났다.
마음이 완전히 침묵하면,
그저 편안히 이완하여 그 침묵으로 들어가라.
신이 지금 이 순간 당신에게 베푸는 모든 것을 즐겨라.
이 순간의 충만함과 풍요로움을 즐겨라.

찬성하지도 반대하지도

생각해도 되지만,
생각하는 내용과 관계하지는 말라.
무엇을 생각하고 있든지
그 내용에 찬성하거나 반대하는 입장에 서지 말라.
생각과 관계하는 순간,
당신은 마음에 사로잡힌다.
생각을 진실이라고 믿는 순간,
마음속에서 길을 잃는다.

용기

참된 깨어남이 늘 편안하기만 한 것은 아니다.
그것은 심약한 사람들을 위한 것이 아니다.
참된 깨어남을 위해서는 숨기고 부정하고 판단하거나
고치려 애쓰는 자기의 그런 모든 면을 포함하여
모든 수준의 자기 자신을 만나야 한다.

•   •   •

깨어 있는 사람은 대개 지금 이 순간을 산다.
지금 이 순간은 언제나 삶의 진실로 인식되며,
마음속으로 들어가 시간의 세계에서 활동할 때도 그렇다.

•   •   •

현존을 더 많이 선택할수록
지금 이 순간의 진실과 현실에
더 많이 자리 잡을 것이다.
지금 이 순간의 진실과 현실에
더 많이 자리 잡을수록
그런 평범한 순간들에서 성스러움과
신성함을 더 많이 경험할 것이다.

현존 명상

마음속으로 너무 멀리 들어갈 때, 아주 미묘한 방식으로
당신의 몸은 당신에게 버림받았다고 느낀다.
반면 당신이 현존할 때, 몸은 무척 안심한다.
"아, 좋아." 몸은 말한다. "나는 혼자가 아니야.
그가 돌아왔어. 그녀가 돌아왔어."
당신이 현존할 때 몸은 매우 치유된다.

그러니 **현존** 명상을 해 보라.

눈을 감아라. 숨 쉬는 몸과 현존하도록
아주 부드럽게 자기를 데려오라.
당신의 몸은 숨을 들이쉰다. 숨을 내쉰다.
당신은 몸이 숨 쉬는 것을 알아차리며 이 순간 현존한다.
순간순간 들리는 소리와도 함께 현존할 수 있다.
등에 맞닿은 의자의 느낌,
바닥에 놓인 발의 느낌과 함께 현존할 수 있다.
이 순간 당신과 함께 여기에 있는 것과 현존한다.

정말로 현존할 때는 생각이 멈추고 마음이 침묵하는 것을
알아차릴 것이다. 편안히 이완하며 침묵으로 들어가라.

깨어남의 초기 단계에는
마음은 다른 생각이 일어나기 전 몇 초만 침묵할지 모른다.

현존 명상…

당신이 생각하려고 의도하지 않아도 생각은 저절로 일어난다.
이런 일이 일어날 때는 그저 생각이 일어남을 알아차리고
"생각!"이라고 소리 내어 말함으로써 그것을 인정하라.
그 뒤 숨 쉬는 몸으로 돌아오라. 생각이 일어날 때는
생각에 대해 중립적인 태도로 있는 것이 중요하다.
당신은 생각을 믿지 않지만,
생각을 판단하거나 거부하지도 않는다.
그저 생각이 일어날 때 그것을 알아차리고 인정한 뒤,
부드럽게 돌아와 숨 쉬는 몸과 함께 현존한다.

이 명상을 날마다 15분 이상 계속 해 보라.
생각들 사이의 침묵이 점차 확장되고 깊어질 것이다.
생각을 멈추려 애쓰거나 현존하려 애쓰지 않으면….
애쓸 필요가 없다.
지금 이 순간은 이미 여기에 있기 때문이다.
그저 편안히 이완하며,
이미 지금 여기에 있는 것과 함께 현존하라.

좋은 소식은, 눈을 뜬 상태로도 현존 명상을 할 수 있다는
것이다. 그저 방 주위를 둘러보라.
함께 현존할 수 있는 것을 찾아보라.
그것은 식물일 수도 있고, 꽃, 의자, 문손잡이일 수도 있으며,
지금 이 순간 보이는 다른 어떤 것일 수도 있다.

현존 명상…

가령 앞의 테이블 위에 놓인 꽃이 보인다고 하자.
그 꽃과 함께 완전히 현존하도록 자기를 데려오라.
꽃은 지금 여기에 있다.
당신도 여기에 있다.
당신은 지금 이 순간을 그 꽃과 함께하고 있다.
그 꽃과 함께 정말로 현존하면,
마음이 침묵하는 것을 알아차릴 것이다.
평화로운 느낌이 강하게 느껴지기 시작할 것이다.
기쁨이 일어날 수도 있다.
꽃을 향한 사랑이 강하게 느껴질 수도 있다.

꽃에게 이렇게 말해 보라.

"나는 지금 여기에 있어.
나와 함께 여기에 있어 주어 고마워.
현존으로 초대해 주어 고마워.
나는 내 이야기 속에 빠져 있었지만, 지금은 여기에 있어.
너에게 많은 사랑을 느끼고 있어."

물론, 이런 말들은 **현존**에서 나와야 한다.
밖으로 나가 산책해 보라. 무엇이든 보이는 것과 함께 현존하라.
나무와 함께 현존해 보라. 당신이 나무와 함께 현존하면
나무는 무척 행복할 것이다.

생각을 지켜보기

현존할 때는
생각들이 일어날 때 생각을 지켜볼 수 있다.
당신은 생각을 멈추려고 애쓰지 않는다.
생각을 멈추려는 시도는
생각하는 과정을 강화하며
당신을 마음속으로 더 깊이 데려간다.
생각을 좋아하거나 싫어하지 말라.
그저 생각을 있는 그대로 보라.

•　　•　　•

현존할 때는 마음이 침묵한다.
당신과 에고 사이에 공간이 창조되며
자신은 에고가 아님을 알 수 있다.
당신은 에고를 지켜보는 자다.

에고의 지배

마음속에서, 끊임없는 생각의 흐름 속에서
주로 살아갈 때는 에고의 지배를 받는다.
에고의 지배는 당신의 개인적인 삶과 관계의
모든 면에 악영향을 미친다.
에고는 인간의 삶을 너무 많이 지배하게 되었기에
이제 인간의 깨어남에 주요 장애물이다.
깨어나고 싶다면, 에고가 자기의 영역인
분리의 세계에 당신을 붙잡아 두는
모든 방식을 의식해야 할 것이다.

•　　•　　•

에고의 저항을 극복하고 싶다면,
에고와 올바른 관계로 들어와야 할 것이다.
에고와 올바른 관계는
사랑, 받아들임, 자비의 관계이며
이 관계는 **현존**으로부터만 가능하다.

에고는 무엇인가?

에고의 압제에서 해방되려면,
다음 질문에 대답할 필요가 있다.

에고는 무엇인가?
에고는 어떻게 기능하는가?
당신의 삶에서 에고의 역할은 무엇인가?
에고는 왜 당신이 현존하지 못하도록 방해하는가?
에고의 저항을 어떻게 극복하는가?

에고의 저항은 인간의 깨어남에 주요 장애물이다.
이런 질문들에 대한 답을 모른다면
깨어나기가 매우 어렵다.

분리된 독립체

아주 어린 나이부터 에고는
당신의 마음 안에서 발달하기 시작한다.
아무도 진정으로 현존하지 않는 세계에서 살아가기에
일어나는 고통스러운 감정들로부터
당신을 보호하기 위해
에고는 당신의 삶에 들어왔다.
에고는 발달하면서 자기의 정체성을 얻는다.
에고는 거의 분리된 독립체처럼 변했지만,
그래도 에고는 당신의 일부다.
현존하게 될 때 당신은 마음과 에고를 초월하기에
에고가 무엇을 하는지 보고 들을 수 있다.
당신은 에고와 대화할 수 있는데,
그러면 깊이 치유되고 해방될 수 있다.
그리고 에고와 올바르게 관계할 수 있는데,
현존에 대한 에고의 저항을 극복하려면
이런 관계가 필수적이다.

에고의 역할

에고는 아무도 현존하지 않는 고통스러운 세상에서
당신의 친구이며 보호자다. 에고는 분리의 관리자다.
물질세계에 태어났을 때 당신은 아주 작고 여린 아기였지만
완전히 현존했다. 당신에게 정말로 필요했던 것은 오직
어머니와 아버지가 당신과 함께 완전히 현존하는 것이었다.
만약 그들이 완전히 현존했다면, 당신은 그들에게서 나오는
조건 없는 사랑과 받아들임의 에너지를 느끼고
편안히 이완할 수 있었다. 당신은 탄생하는 동안 경험했던
분리의 트라우마로부터 서서히 회복되었을 것이다.
그러나 부모는 현존하지 않았다. 상당 부분 그들은
마음의 세계에 빠져 있었다. 그들은 어린 시절에서 비롯된,
억눌린 감정들과 제한하는 믿음들로 가득 차 있었다.
그들과 함께 현존한 사람은 아무도 없었기에
그들은 당신과 함께 현존하는 법을 알지 못했다.
그렇지만 당신에게는 그들이 함께 현존해 주고,
당신의 모든 필요를 보살펴 주는 것이 필요했다.
그래서 아주 미묘한 수준에서, 당신은
자신이 왠지 분리되어 있고 혼자라는 인상을 받았다.
당신을 위해 정말로 여기에 있어 주는 사람은 아무도 없었다.

언어 이전의 미묘한 인상으로 시작한 것이 점차 제한하는
믿음들로 발달했고, 그 뒤에는 당신의 마음에 프로그래밍 되었다.

에고의 역할…

"나는 혼자야." "나는 분리되어 있어."
"나를 위해 여기에 있어 주는 사람은 아무도 없어."
"나는 버림받았어."

그것은 시작일 뿐이었다.
아마 아버지는 화를 내거나 판단하는 사람이었을 것이다.
아마 어머니는 정서적으로 함께하지 못했을 것이다.
아마 그들은 당신에게 지나치게 높은 기대를 했을 것이다.
아마 그들은 너무 바빠서, 당신에게 필요한 방식으로
당신을 돌보지 못했을 것이다. 그래서 더 많은
제한하는 믿음들이 마음속에 형성되기 시작했을 것이다.

"나는 사랑받지 못해."
"나는 부모님이 원하는 자녀가 아니야."
"나는 내가 원하는 것을 가질 수 없어."
"나는 원치 않는 것을 받아들여야 해."
"나는 그것을 그들의 방식대로 해야 해."
"나는 올바른 것을 해야 해."
"나는 다른 사람들을 기쁘게 해야 해."
"내 감정들을 느끼는 것은 괜찮지 않아."
"나는 부족해." "나는 중요하지 않아."
"나는 그것을 할 수 없어." "나는 안전하지 않아."

에고의 역할…

이런 제한하는 믿음들이 당신 안에서 발달할 때,
그 믿음들에는 아프고 힘든 감정들이 뒤따랐다.
당신은 혼자이며 분리되었다고 느꼈다. 두려움을 느꼈다.
당신의 필요들은 채워지지 않았다.
당신은 아픔과 화를 느꼈다. 마침내 이런 감정들이
너무 커져서 당신이 감당할 수 없게 되었다.
그래서 이 모든 힘든 감정들로부터
당신을 보호하기 위해 에고가 생겼다.
당신의 삶에서 에고의 첫째 역할은
두려움, 필요, 아픔, 화 같은 모든 아프고 불쾌하고
안전하지 않은 감정들을 억누르도록 돕는 것이었다.
당신의 삶에서 에고의 다음 역할은 여생 동안 계속된다.
에고의 임무는 거부당하는, 판단받는 경험,
무가치하다는 느낌, 고립되는 경험을 최소화하는 방식으로
당신의 삶을 통제하고 관리하는 것이다.
에고는 아무도 진정으로 현존하지 않는
무의식적인 세상에서 대처하기 위한 전략들을 계발한다.
에고의 의도는 당신이 어린 시절에 받지 못한 것으로 보이는
사랑, 받아들임, 인정을 받도록 돕는 것이다.
당신이 어린 시절에 어떤 신체적, 정서적 또는
성적 학대를 당했다면, 이것들은 훨씬 강화된다.

에고의 저항

에고는 당신의 삶에서 당신의 보호자로 시작했다.
그러나 이 역할에 성공하기 위해
에고는 당신 삶의 모든 면을 통제해야 했다.
에고는 자기가 아는 것만을 통제할 수 있는데,
에고가 아는 모든 것은 과거의 기억과 미래의 상상에 기초한다.
에고가 알지 못하는 한 가지는 지금 이 순간이다.
에고는 마음의 세계에 존재한다.
에고는 과거와 미래 안에 존재한다.
에고는 생각의 구조물 안에 존재한다.

당신이 참으로 현존하게 되면, 마음은 침묵한다.
과거와 미래에서 놓여나는 것이
당신에게는 행복한 경험이지만,
에고에게는 힘든 경험이다.
생각이 없으면 에고는
자기가 죽어가고 있거나 사라지고 있다고 느낀다.
그래서 에고는 당신이 현존하지 못하도록 저항하며,
당신을 지금 이 순간에서 데리고 나오는 데 아주 능숙하다.
설령 당신이 그것은 죽거나 사라지는 것이 아니라고
에고에게 힘주어 말해도,
에고는 여전히 **현존**에 저항할 것이다.

에고의 저항…

에고의 역할은 거부당하거나 판단받지 않도록
당신을 보호하는 것이다. 에고의 역할은 당신이
어린 시절에 받지 못한 사랑과 받아들임을 받게 해 주는 것이다.
그 역할을 잘 해내려면 에고는 자기가 통제하는 곳인
고통스러운 이야기 속에 당신을 가두어 놓아야 한다.
만약 당신이 현존하게 되면,
분리되어 있고 혼자라는 느낌은 사라진다.
과거의 아픔과 제한하는 믿음들이 사라지기에
당신의 보호자라는 에고의 역할은 필요 없어진다.
에고는 이렇게 되도록 허용하지 않을 것이다.
에고는 다시 당신을 지금 이 순간에서 데리고 나와
과거나 미래로 데려갈 것이다.
이런 일은 계속될 것이다.
마침내 당신이 충분히 현존하게 되어,
내면에서부터 **현존**이 꽃피어 남을
에고가 신뢰하며 맡기는 법을 배울 때까지.
그런데 만약 에고가 당신을 끊임없이
지금 이 순간에서 데리고 나와 버리면, 당신은
'에고가 편안히 이완하면서 당신이 **현존**으로 깨어나도록
신뢰하며 맡길 수 있는' **현존**의 수준에 이를 수 없다.
이것이 어려운 점이다.
인간의 깨어남에 주요 장애물은 에고의 저항이다.

에고의 수법들

에고는 당신을 과거로 데리고 들어가거나
미래로 들어가도록 유혹하는
교묘한 수법을 많이 가지고 있으며,
마음속에 떠오르는 생각들을 일으켜서 그렇게 한다.
그런 생각을 믿거나 동일시하면,
즉시 **현존**을 벗어나 과거나 미래로 들어갈 것이다.
예를 들어, 그것이 만약 원망하는 생각이라면,
그 생각이 당신을 어디로 데려가는가?
과거인가, 현재인가, 미래인가?
답은 명백하다.
만약 그런 원망하는 생각들을 믿거나 동일시하면,
당신은 즉시 과거에 붙잡힐 것이다.
그리고 그런 생각들은 혼자만 일어나지 않는다.
그런 생각들은 연관된 감정을 수반하는데,
이런 감정들은 그 생각을 훨씬 강력한 에너지로 만들어
당신이 **현존**을 벗어나게 한다.
후회, 비난, 화, 죄책감의 생각과 감정도 마찬가지다.
그것들은 모두 당신을 에고가 통제하는 곳인 과거에
붙잡아 두기 위해 에고가 고안한 생각들이다.
에고는 또한 당신을 판단에 연루시키려 할 텐데,
그렇게 되면 당신은 즉시 **현존**을 벗어난다.

에고의 수법들…

에고는 당신을 상상된 미래로 유혹하는
뛰어난 수법을 가지고 있다.
그것은 미래에 이루어질 것이라는 약속이다.
새로운 옷이나 일자리, 새 남편을 얻을 때는
기분이 좋을 것이다.
그러나 미래에 깨달을 것이라는 약속조차
당신이 결코 깨닫지 못하게 하는 에고의 수법이다.
당신이 깨닫거나 깨어날 수 있는 유일한 때는 지금이다!

출구가 있는가?
당신은 에고가 이런 생각들을 일으키지 못하도록
멈출 수는 없지만, 그 생각들에 관여할 필요가 없다.
그저 생각들이 일어날 때
치우치지 말고 지켜보라.
생각들에 찬성하지도, 반대하지도 말라.
그저 생각들이 일어날 때
생각들을 알아차리고 인정하기만 한 뒤,
지금 이 순간에 있는 어떤 것으로
부드럽게 관심을 옮겨라.

에고를 지켜보기

에고의 압제와 속박에서 벗어나고 싶다면,
에고가 무슨 일을 하고 있는지 주의 깊게 지켜보아야 한다.
어떤 식으로든 에고에 맞서지 말라.
그저 에고가 무엇을 하고, 무엇을 만들어 내는지 보라.
에고를 멈출 수는 없다.
당신이 할 수 있는 일은 그저
에고를 지켜보고, 어떻게든 에고를 간파하는 것이다.
당신에게 간파당하고 있음을 에고가 알 수 있는
방식으로 에고와 연관되는 길을 찾아야 한다.
에고는 이것을 원한다. 에고는 당신에게 완전히
간파당하여 더는 당신을 속일 수 없을 때까지
끈질기게 당신을 시험할 것이다. 에고는 몹시 교묘하다.
에고는 당신에게 간파당하고 있음을 알 필요가 있다.
그러나 만약 당신이 에고를 멈추려 한다면,
당신은 이미 에고에게 졌다.
에고는 당신이 참된 주인이 아님을 안다.
참된 주인은 에고를 멈추려 하지 않기 때문이다.
그런 행위는 참된 주인의 본성에 어긋난다.
참된 주인은 허용한다. 참된 주인은 판단하지 않는다.
당신이 주인이 되기 전에는
에고는 당신을 놓아주지 않을 것이다.

에고는 당신이 깨어나기를 바라지 않는다

에고는 당신이 깨어나기를 바라지 않는다.
에고는 당신이 깨어나기를 바라는 척 가장할 것이다.
에고는 당신이 모든 영적 서적을 읽고
모든 영적인 길을 따르며
모든 영적 스승을 방문하게 할 것이다.
에고는 당신이 더욱 영적인 사람이 되기를 원한다.
하지만 만약 당신이 우연히 진실과 마주쳐서
완전히 깨어날 가능성이 정말로 커지면,
에고는 거의 즉시
당신의 눈길을 다른 곳으로 돌릴 것이다.
에고는 당신이 깨어나기를 바라지 않는다.
당신이 깨어나면 더는 당신을 통제할 수 없을 테니.
에고는 더이상 책임질 수 없을 것이다.
참된 주인이 나타나면,
에고는 왕좌를 내주어야 할 것이다.

에고를 받아들임

수많은 영적 전통은 말한다.
당신이 깨달으면 에고가 남아 있지 않을 것이라고.
그들은 깨달으면 에고가 없어질 것임을 암시한다.
이는 도움이 되지 않으며 몹시 오도하는 말이다.
깨어난 **현존**의 본성은 사랑과 받아들임이다.
현존에는 판단이나 거부가 없다.
만약 어디에선가 읽거나 듣고서
에고가 없어져야 한다는 견해가 마음에서 일어나면,
그것은 당신의 깨어남에 장애로 작용할 것이다.
결국, 에고는 자기가 제거되도록 허용하지 않을 것이며,
현존하지 못하도록 온갖 수단을 동원하여
당신의 관심을 돌리려 할 것이다.
에고는 이런 일에 대단히 능숙하다.
에고와 올바르게 관계해야 한다.
에고는 당신이 자기를 없애려 하지 않으며
버리지 않으리라는 것을 확신해야 한다.
그때에야 에고는 편안히 이완하며, 당신을
깨어난 **현존**의 더욱더 깊은 수준으로 놓아주기 시작할 것이다.
에고를 없애려 하는 한, 깨어나지 못할 것이다.
깨닫지 못할 것이다.

에고와 올바른 관계

에고와 올바르게 관계해야 하는데,
당신이 현존할 때만 그럴 수 있다.
현존할 때 당신은 사랑, 받아들임, 자비다.
당신이 사랑, 받아들임, 자비로 에고와 관계할 때,
에고는 편안히 이완하며, 마침내 내맡길 것이다.
에고는 당신이 근본적으로 현존하도록 허용하고,
당신의 삶에서 새롭고 훨씬 쉬운 역할을 받아들일 것이다.

에고의 다른 수법

지금 여기에 더욱 현존하고
마음속에는 덜 있고 싶다는 생각이 일어날 때마다
그 생각이 어디에서 나오는지 물어보라.
마음을 벗어나고 싶다는 바람이 어디에서 나오는가?
그 생각은 에고가 일으키고 있다.
당신이 더욱 현존하기를 바란다고
말하는 것은 에고다.
그것은 당신을 마음속에 붙들어 놓으려는
에고의 교묘한 수법이다.
마음을 벗어나고 싶다는 바람은 오히려
당신을 더욱더 마음속으로 데려갈 것이다.

수행을 넘어

모든 영적 수행은 에고의 작용이다.
그런 수행도 어딘가에 도달하거나
무언가를 이루기 위해
어떤 것을 수행하려는 에고의 추구다.
명상의 수행이 결국 실패하는 이유는 이 때문이다.
모든 영적 수행은 결국 실패할 것이다.
마음을 벗어나서 수행할 수는 없기 때문이다.
그러나 당신은 지금 현존할 수 있다.

에고

에고는 깨어남의 여행 내내 당신과 동행한다.
당신이 **현존**의 가장 깊은 수준들을 경험할 때조차 에고는
옆에서 기다리며, **현존**의 진실을 자기의 것이라고 주장하려 한다.
끊임없이 경계하며 에고를 지켜보아야 한다.
당신이 자기 자신이나 다른 것에 관해 생각하고 있다면,
마음이 활동하고 있으며 에고가 개입하고 있다는 단서다.
깨어난 **현존**의 시험은 침묵이다.
당신이 완전히 깨어 있을 때는 아무 생각이 없다.
만약 자기의 영적 진보에 관해 생각하고 있다면,
그것은 마음속에서 일어나는 생각이다.
참으로 현존할 때는 자신이 깨달았다는 생각조차
일어나지 않을 것이다. 당신은 그저 침묵하며
지금의 순간에 완전히 잠겨 있다.
자신이 **현존** 안에서 깨어 있을 때와
마음속에 있고 에고가 개입할 때의 차이를
분명히 알아야 한다.
그 차이를 분명히 알지 못하면, 에고는
자신이 영적으로 진보하고 있다고 생각할 것이다.
에고는 자기를 영적 존재로 여기게 될 것이다.
심지어 자기가 깨달았다고 생각할 수도 있다.
이런 일이 일어나면, 당신은 길을 잃게 되며,
당신을 다시 데려올 사람을 발견하기는 몹시 어렵다.

참된 주인

에고는 참된 주인이 도착하기를
많은 생애 동안 기다렸다.
하지만 에고는 자기가 무엇을 기다리는지를
아주 오래전에 잊어버렸다.
현존 안에 있을 때 당신은 참된 주인이다.
참된 주인은 당신 자신인 I AM*이다.
그것은 I AM 현존이다.
순수 의식.
영원한 침묵과 평화.
하나임.

---

* 우리말에는 I AM에 정확히 대응하는 말이 없다. **현존**(Presence)과 동의어. (사
족을 붙이자면) 나는 있는 모든 것이다. 경험들은 수없이 많지만 경험자는 나 하
나뿐이다. 나만이 존재한다. 나는 늘 지금 여기에 현존한다. 나는 존재 자체이며
존재 전체다.— 옮긴이

현존 시험

당신이 마음속에 있는지,
아니면 현존 안에 있는지를 어떻게 알까?
간단한 시험이 있다.
생각하고 있다면, 당신은 마음속에 있다.
어떤 생각을 하더라도 마찬가지다.
지성적인 생각이든 영적인 생각이든 마찬가지다.
예외는 없다.
모든 생각은 당신을 마음속으로 데려갈 것이다.
이처럼 단순하다.
현존 시험도 똑같이 간단하다.
그것은 침묵이라는 시험이다.
완전히 현존할 때 당신의 마음은 침묵한다.
당신은 생각을 멈추려 애쓰지 않는다.
그저 이 순간 자기와 함께 여기에 있는 것과 현존한다.
거기에는 생각이 없다.
당신은 침묵을 알아차리지만,
침묵을 알아차리는 것은 사실 침묵 자체다.

단순한 진실

단순한 진실이 있다.
지금 이 순간 바깥에는 어떤 삶도 없다는 것.
당신이 삶이라고 믿는 것은
생각과 기억, 상상의 힘으로
마음속에 지어 놓은 환상일 뿐이다.
그것은 실재하지 않는다.
지금 이 순간 바깥에 있는 것은
어떤 것도 실제가 아니다.
당신에게 정말로 주어진 유일한 삶은
지금 이 순간이다.
그 밖의 모든 것은
과거 경험의 기억과 미래 가능성의 상상이다.
그것은 모두 꿈이다.

당신은 어디에 있는가?

당신은 지금 이 순간 현존하는가?
그렇지 않다면, 당신은 어디에 있는가?
그리고 어떻게 그곳에 갔는가?

·　·　·

당신이 자기 자신의 어떤 면이라도
판단하거나 거부하는 한,
에고는 내면의 우세한 세력으로서 지배할 것이다.
에고는 판단, 비난, 거부 위에서 번성하기 때문이다.

·　·　·

당신이 **현존**에 자리 잡고 숙달되면,
결국 에고는 당신이 참된 주인임을 알아볼 것이다.
에고는 편안히 이완하며 내맡길 것이다.

분명한 차이

깨어난 **현존**과 마음, 에고 사이에는 분명한 차이가 있다.
당신이 지금 여기에 있는 것과 함께 완전히 현존하며
다른 곳에 있지 않을 때, 당신은 깨어난 **현존**의 상태에 있다.
마음은 침묵한다. 다른 모든 것은 당신의 마음, 에고와 연관된다.
이 차이를 분명히 알지 못하면 아무도 정말로 깨어날 수 없다.
에고는 당신의 **현존** 경험으로 교묘히 침입할 것이다.
어떤 것에 관한 어떤 생각도 당신을 마음속으로 데려갈 것이다.
생각하는 것은 잘못이라고 말하는 것이 아니다. 이 차이를 알면
잘못된 길로 **빠지지** 않을 것이다. 침묵에서 일어나는 것은
내적 앎이지, 마음에서 일어나는 이해가 아니다. 당신이 현존할
때도 에고는 당신의 영적 진보에 관한, 당신이 얼마나 깨어 있거나
깨달았는지에 관한 의견을 내놓을 것이다. 이런 생각들은
에고가 일으킨 것이며, 마음속에서 일어남을 그저 알아차려라.
이런 생각들에 너무 많은 에너지를 주지 말라.
그런 생각을 믿지 말라. 하지만 거부하지도 말라.
이런 생각들이 올라올 때 그저 치우치지 않은 관찰자로 있어라.
탁월한 영적 생각조차 생각일 뿐이다. 당신의 영적 진보에 관한
견해도 그저 생각일 뿐이다. 이 차이를 알고 정말로 현존하면,
당신 **존재**의 중심에 있는 침묵에서 온갖 놀라운 것들이
떠오를 수 있다. 지복과 황홀감이 일어날 수 있다.
당신은 사랑과 **하나임**의 느낌에 압도될 수도 있다.
계시들과 온갖 지혜가 내면에서 흘러나올 수 있다.

깨어남의 길

이것은 영적인 길이 아니다.
이것은 깨어남의 길이다.
이것은 영적인 길을 포함하지만,
또한 영적인 길을 초월한다.
이것은 이원성을 초월해 있는,
우리 다차원적 존재의 모든 영역과 세계를 초월해 있는
순수 의식의 상태로 들어가도록 당신을 인도한다.

·　·　·

당신이 깨어날 때, 지금 이 순간은 당신의 집이 된다.
당신은 여전히 시간의 세계에서 활동하겠지만
거기에서 펼쳐지는 이야기와 동일시하지 않는다.
과거는 가 버렸고 미래는 결코 도착하지 않을 것임을 안다.
지금 이 순간만이 삶의 진실임을 알게 된다.
다른 모든 것은 꿈이다.
꿈속에서 놀고 싶다면, 잘 놀아라.
행복한 꿈을 꾸는 편이 나을 것이다.
그러나 꿈속으로 너무 멀리 들어가서
길을 잃지는 말라.

당신은 어떤 사람이 되었는가?

아주 중요한 두 가지 질문이 있다.
이 질문들에 대한 답을 얻으면,
깨어남에 깊은 도움이 될 것이다.
첫째 질문은 "사실, 당신은 누구인가?"다.
이 질문을 달리 표현하면
"완전히 현존할 때 당신은 누구인가?"다.
답은 단순하다.
현존할 때 당신은 사랑, 받아들임, 자비의 에너지다.
당신은 내면에서 힘을 얻는다.
당신은 하나임의 깨달음 안에 존재한다.
당신은 자유로운 존재이며, 판단이 전혀 없다.
가장 깊은 수준에서, 당신은 순수 의식이라는 영원한 존재다.
그러나 시간과 분리를 통과하는 이 긴 여행을 하는 동안,
당신은 어떤 사람이 되었는가?
어린 시절의 환경, 부모와의 관계라는 환경에서
당신은 어떤 사람이 되었는가?
아무도 현존하지 않는 세계에 살면서
당신은 어떤 사람이 되었는가?
당신은 탐욕스럽고, 애정에 굶주린,
경쟁적인, 판단하는, 비판적인 사람인가?
당신은 화가 나 있는가?

당신은 어떤 사람이 되었는가?…

상처 입어 아픈가? 두려워하는가?

자신은 부모가 원하지 않는 자녀였다고 느끼는가?

사랑받지 않는다고 느끼는가?

버림받았다고 느끼는가?

분리되고 외롭다고 느끼는가?

당신은 사랑, 인정, 받아들임을 간절히 원하는가?

자신이 부족하다고 느끼는가?

모든 것을 당신의 뜻대로 하고 싶은가?

당신의 내면에는 과거에서 온 감정적 상처가 있는가?

죄책감을 느끼는가? 자기의 불행을 남 탓으로 돌리는가?

후회와 원망을 품고 사는가? 미래에 관해 걱정하는가?

다른 사람을 믿지 못하는가?

다른 사람을 통제하고 조종하며 완고한가?

자기 자신을 판단하는가? 다른 사람을 판단하는가?

우월감을 느끼는가? 열등감을 느끼는가?

자기의 의견을 고집하는가? 독선적인가?

남이 알아주고 칭찬하기를 바라는가?

실패를 두려워하는가?

옴짝달싹할 수 없다고 느끼는가?

공허감을 느끼는가? 원하는 것을 요청한 뒤

원하는 것을 얻지 못하면 화가 나는가?

자신이 원하는 게 무엇인지 아는가?

당신은 어떤 사람이 되었는가?

이번 생에서 깨어나고 싶다면,
자신이 어떤 사람이 되었는지를
알아차리고 인정하고 고백하는 과정을 거쳐야 할 것이다.
자신이 마음의 수준에서 어떤 사람이 되었는지를
기꺼이 인정하고 고백하려 하기 전에는
마음에서 깨어날 수 없을 것이다.
현존 안에 완전히 깨어 있을 때 자신이 누구라는
진실을 깨닫지 못할 것이다.

•　　•　　•

자신이 어떤 사람이 되었는지를 부정하면,
자기 자신이 누구라는 진실을 부정당할 것이다.
이것은 신의 법 가운데 하나다.
깨어남의 열쇠 가운데 하나다.
만약 자신이 어떤 사람이 되었는지를
판단 없이 인정하고 고백하는 과정을
기꺼이 거치려 한다면,
자신이 누구라는 진실이 드러날 것이다.

다른 사람들에게 투사하기

당신은 스스로 부인하고 인정하지 않는
자기의 모습들을 다른 사람들에게 투사한다.
그러면 자기의 투사들로 가득 찬 세계에서 살 수밖에 없다.
그것은 당신 스스로 만들어 낸 환상의 세계다.
마음속에 있을 때 당신은 본질적으로 하나의 영사기다.
당신은 스스로 인정하지 않는 내면세계의 많은 부분을
영사기처럼 바깥 세계와 다른 사람들에게 투사한다.
스스로 인정하지 않는 화와 미움을 다른 사람들에게
투사한 뒤, 그들이 자신을 적대시한다고 느낀다.
스스로 인정하지 않는 비난을 다른 사람들에게
투사한 뒤, 그들이 자신을 비난한다고 느낀다.
다른 사람들에 대한 거부를 밖으로 투사한 뒤,
자신이 거부당한다고 느끼며 외로워한다.
당신은 과거의 사건들과 감정들을 현재로 투사한다.
투사를 계속하는 한, 지금 자기 앞에 있는 것을 왜곡할 것이다.
당신이 보는 것은 자기의 투사들로 왜곡된 현실일 것이다.
당신이 다른 사람들에게서 보는 것은 당신 안에 있다.
그것은 당신의 바깥에 존재하지 않는다.
자기의 투사들을 인정해야 한다.
투사들을 거두어들여라. 지금 이 순간의 진실과
현실을 만나려면 영사기를 꺼야 한다.

지옥

지옥이란
자기의 부정적인 투사들로 가득한 세계에서 살아야 하는 것이다.
오직 완전히 현존할 때만 자기의 투사들이 없는
진짜 세계에서 살게 될 것이다.

•　　•　　•

마음속에 있을 때
당신은 과거나 미래 속 어딘가에 있다.
삶의 얼마나 많은 부분 동안
당신은 생각 속에 빠져 있는가?
삶의 얼마나 많은 부분을
과거와 미래 속에서 살아가는가?
삶의 얼마나 많은 부분이
과거의 제한들에 악영향을 받는가?
과거를 참고하지 않을 때
지금 이 순간 당신은 누구인가?
과거나 미래를 참고하지 않을 때
지금 이 순간의 삶은 어떠할까?

진실

진실은 침묵에만 존재한다.
진실은 침묵에서 떠오른다.
진실을 알고 싶다면
침묵하며 완전히 현존해야 할 것이다.
내가 하는 모든 말을
이미 있는 이해의 틀 속에 끼워 넣으려 한다면
당신은 마음속으로 들어갈 것이다.
침묵 속에서 진실이 알려지는
지금 이 순간을 떠나게 될 것이다.
기억된 과거나 상상된 미래라는
마음의 세계로 들어갈 것이다.
견해와 관념, 믿음의 세계로 들어갈 것이다.
그런데 진실은 언제나 믿음의 너머에 있다.
내가 하는 말을 그저 들어라.
내 말에 동의하지 말라.
이의를 제기하지도 말라.
그저 가만히 있어라.
그리고 알라.

진실이 당신을 자유롭게 하리라

마음의 수준에서 자신이 어떤 사람인지를 인정하라.
알아차려라. 표현하라. 고백하라.
거기에는 부끄러울 게 없다. 죄가 없다. 판단이 없다.
오직 진실만 있다.
그리고 진실이 당신을 자유롭게 할 것이다.

·　·　·

신께 드리는 당신의 선물은 정직이다.
당신에게 주는 신의 선물은 진실이다.

진실

당신은 나에게서 진실을 받을 수 없다.
그것은 나의 것이 아니므로 줄 수가 없다.
그것은 나의 진실이 아니다.
그것은 당신의 진실도 아니다.
그것은 진리다.
그것은 신에게 속하며
모두에게 똑같이 주어져 있다.
내가 말하는 진실을 당신이 알아본다면,
당신이 이미 내면에서 알고 있기 때문이다.
나는 단지 당신을,
진실이 알려지고 언제나 알려지던
내면의 그 자리로 데려가고 있을 뿐이다.

오직 초대로

나는 당신이 허용하는 만큼만
당신과 관계할 수 있다.
나는 당신이 초대할 때
당신과 나눌 수 있다.
나는 초대받지 않은 자리에 갈 수 없다.
나는 초대받지 않은 자리에 가지 않을 것이다.
그런 자리에 가는 것은
당신을 침해하는 것이며,
나는 그렇게 하지 않을 것이다.

진실을 말하기

나는 이런 지혜의 말을 하는 자일 수 있다.
하지만 당신은 그 말을 듣는 자다.
말하는 것과 듣는 것은 서로의 양면이다.
둘은 서로 꼭 필요하다.
신의 눈에는
진실을 말하는 자와
진실을 듣는 자가 동등하다.
진실이 표현되는 데 둘 다 동등하게 참여하고 있다.
진실이 완전히 표현될 때
말하는 자와 듣는 자는 하나*다.

• • •

진실은 믿음 너머에 있다.
마음은 믿음의 힘으로 유지되는 환상의 세계다.
당신은 믿음을 가질 수 있다.
단지 그것을 믿지만 말라.

---

* the One.

믿음을 포기하면

진실은 믿음의 세계로 뚫고 들어갈 권한이 없다.
믿음이 스스로 문을 열어 진실이 들어갈 수 있게
해 주어야 한다. 생각과 믿음*들에 대한 믿음을 포기하면
마음속의 에너지가 줄어들기 시작한다.
이 에너지가 줄어들면, 마음에서 빠져나오기가 훨씬 쉬워진다.
현존하기가 훨씬 쉬워진다. 그리고 생각할 필요가 있을 때는,
그럴 때가 하루에도 많이 있을 텐데,
의식하면서 명료하고 효과적으로 생각할 것이다.

  •   •   •

자기의 믿음들을 믿으면
자기 믿음들의 이름으로 온갖 학대를 하게 된다.
유일한 죄는 자기의 믿음들을 믿는 것이다.

  •   •   •

대다수 우리는 미래의 실현을 추구하도록 길들여졌다.
미래에 이루어질 것이라는 약속은
인류 전체를 노예로 만든 거짓 약속이다.

---

*   예를 들어, '내가 옳다.'는 믿음, 또는 '내가 속한 집단이 옳다.'는 믿음.—옮긴이

처음에

세상에 태어났을 때 우리는
연약하고 다치기 쉬운 몸을 입은
완전히 깨어 있는 어린 존재들이었다.
우리는 완전히 현존했고 천진했지만,
우리가 태어난 세상은
거의 늘 마음의 세계에서만 살고 있는
사람들로 가득 차 있었다.
우리가 존재하는 의식 수준에서 우리와 만나고
우리와 관계할 수 있는 사람은 거의 없었다.
우리의 부모도 마찬가지였다.
우리는 완전히 현존하는 어린 존재들이었다.
우리가 탄생하면서 겪은 분리의 트라우마를 극복하고
안전하다고 느끼려면, 완전히 현존하는 사람의
조건 없는 사랑이 필요했다.
그러나 우리가 받은 사랑과 받아들임은 조건적이었다.
우리와 함께 진정으로 현존하는 법을 아는 사람은
아무도 없었다. 우리의 부모도 마찬가지였다.

처음에…

그래서 우리는 아주 미묘한 수준에서
혼자이며 고립되었다고 느꼈다.
우리의 세계에서 완전히 현존하는 존재는
오로지 자신뿐이라는 사실을 직면했다.
그 사실을 견디기에는 우리가 너무 어렸다.
우리는 자기 혼자뿐임을 견딜 수 없었다.
네 살 때까지 우리는 부모들을
그들 마음의 세계에서 만났다.
우리는 그 세계에 길들여졌고 그 세계를 강요받았다.
우리 역시 혼자 있기보다는
어느 정도 그 세계를 선택했지만…
그 뒤로 인간의 생각하는 마음의 세계에서
살아남고 성공하는 법을 배우는
길고 힘겨운 과정이 시작되었다.
우리 가운데 일부는 성공했고, 일부는 실패했다.
실패한 사람들은 행운아들이다.
왜냐하면 우리는 고통을 겪었는데,
내면을 바라보고 꿈에서 벗어나
삶의 진실로 가는 길을 찾도록 동기를 부여한 것은
바로 우리의 고통이기 때문이다.

여기에 있기

물질세계로 환생하기를 원하지 않았던 사람들이 많다.
그들은 영혼과 함께 머물고 싶어 했을 것이다.
또는 영으로 상승하기를….
그들이 어쩔 수 없이 마지막으로 선택한 것은
형상의 세계로 내려오는 것이었다.
그들에게 여기에 있고 싶지 않은 이유를 물었을 때,
그들은 여기에 너무 많은 고통이 있기 때문이라고 대답했다.
그들은 여기에 있지 않으려 저항하며 평생을 보낸다.
그들은 삶에 완전히 참여하지는 않는다.
깊고 무의식적인 수준에서, 그들은
여기에 있고 싶어 하지 않기 때문이다.
그들은 때로 외로움과 고립감을 느낀다.
그들은 여기에 있기를 피하는 방법으로서
깨달음을 추구하기도 한다. 그들은 깨닫게 되면
돌아오지 않아도 될 것이라고 믿는다.
여기에 있기를 원하지 않는 느낌이나
무의식적인 믿음으로 사는 한, 그들은 깨어날 수 없다.
왜냐하면 깨어난다는 것은 지금 여기에 있는 것과 함께
완전히 현존하는 것을 뜻하기 때문이다.
조만간 그들은 자기를 제한하는 믿음들을 놓아 보내고
지금 여기에 현존하는 법을 배워야 할 것이다.

여기에 있지 않으려는 저항을 극복하기

여기에 있고 싶지 않다는 '제한하는 믿음'을 가지고 있는
사람을 만날 때면 나는 대개 그들과 대화를 한다.
"왜 여기에 있고 싶지 않나요?" 나는 묻는다.
"너무 고통스러우니까요."가 일반적인 대답이다.
"고통이 너무 많아요. 판단과 거부가 너무 많아요.
잔인함과 학대가 너무 많아요."
그들은 대답하면서 종종 눈물을 흘리거나 괴로워한다.
"여기에 있고 싶지 않다는 말은
제 옆에 있는 이런 꽃들과 함께 여기에 있고 싶지 않다는
뜻인가요?"
"아뇨!"
"나무나 하늘, 산과 함께 여기에 있고 싶지 않다는 뜻인가요?"
"아뇨!"
"당나귀, 코끼리, 고릴라와 함께 여기에 있고 싶지 않다는
뜻인가요?"
"아뇨!"
"그렇다면 당신은 꽃들, 나무들, 당나귀, 코끼리,
고릴라와 함께 여기에 있는 것이
행복하다고 말하는 것인가요?"
"예, 물론이죠!"
"하늘, 강물, 바다, 산들은 어떤가요?"
"예, 저는 그것들을 사랑해요."

여기에 있지 않으려는 저항을 극복하기…

"그렇다면 여기에 있고 싶지 않다는 말은
무엇을 가리키는 것인가요?"
"사람들요!"
"하지만 저도 사람입니다.
당신은 저와 함께 여기에 있고 싶지 않은 건가요?"
"아뇨, 당신은 괜찮아요!"
"무슨 차이가 있나요?"
"당신은 여기에 있어요. 당신은 현존합니다.
저는 당신을 신뢰할 수 있습니다.
당신은 제게 상처를 주지 않을 겁니다.
당신은 저를 판단하거나 거부하지 않을 거예요."
"그러면 여기에 있고 싶지 않다고 말할 때 당신은
마음속에 빠져 길을 잃은 채 세상에서 무의식적으로 살고 있는
사람들과 함께 있고 싶지 않다는 뜻인가요?"
"예! 저는 그 세계의 일부가 되고 싶지 않아요."
"그렇지만 당신이 여기에 있고 싶지 않다고 말할 때,
꽃들과 나무들은 당신이 그들을 가리킨다고 생각했습니다.
당나귀, 코끼리, 고릴라들도 그랬습니다.
하늘, 강, 바다와 산도 그랬습니다."
"아뇨, 저는 그것들을 가리키지 않았어요."
"그럼 당신은 그들에게 사과할 필요가 있다고 생각하나요?"
"예." 열렬한 대답이었다.

여기에 있지 않으려는 저항을 극복하기…

"그러면 제가 제안을 하겠습니다. 기회 있을 때마다
현존 안에서 산책하며 꽃들과 나무들, 먼 산에게 사과해 보세요.
그들에게 말해 보세요.
'나는 너를 가리키지 않았어. 나는 너를 사랑해.
나는 너와 함께 여기에 있어서 아주 행복해. 너는 무척 아름다워.'
그 뒤 침묵하세요. 나무들, 꽃들, 그리고
현존 안에서 마주치는 다른 것들과도 말없이 교감해 보세요.
여기에 있지 않으려 하는 저항을 극복하는 데 도움이 될 것입니다.
현존으로 더 깊어지는 데 도움이 될 것입니다.
무의식적인 인류에 대한 판단과 거부에서 놓여나는 데
도움이 될 것입니다. **현존** 안에 더 깊이 자리 잡을 때,
자비가 당신 안에서 일어날 것입니다.
사랑과 평화가 당신 안에서 일어날 것입니다.
내적인 힘이 내면에서 일어나,
이 세상에서 살기가 훨씬 쉬워질 것입니다.
수많은 사람이 마음속에 빠져 있어도….
그리고 설령 현존하는 사람이 아무도 없다고 해도
당신이 정말로 혼자일 수는 없습니다.
나무들과 꽃들, 다른 모든 참된 존재들이 여기에서
당신이 함께 현존하기를 기다리고 있기 때문입니다.
그리고 당신이 **현존**에 자리 잡을 때, 현존하는 사람이
더욱더 많이 당신을 찾아올 것입니다. 당신 **현존**의 수준으로 인해
더욱더 많은 사람이 당신에게 끌릴 것입니다."

생각과 올바르게 관계하기

생각하지 못하도록 마음을 멈추려는 시도는
에고에서 나온다.
그것은 당신을 마음속으로 더 멀리 데려가려는
에고의 교묘한 수법이다.
그것은 일종의 판단이므로
당신이 현존하지 못하도록 막을 것이다.
생각을 멈추려고 애쓰지 않아야 한다. 그것은
깨어남의 길에서 만나게 될 가장 큰 딜레마 중 하나다.
이 딜레마를 어떻게 해결할 것인가?
답은 간단하다.
생각을 거부하거나 판단하지 말라.
생각을 멈추려 애쓰지 말라.
그저 생각이 일어날 때 생각을 지켜보는 자로 있어라.
한쪽으로 치우치지 말라.
생각에 찬성하지도, 반대하지도 말라.
먼저 현존하지 않으면 생각을 지켜볼 수 없다.
미래에 관해 생각할 때는 결과에 너무 몰두하지 말라.
과거로 들어갈 때는 그것이 진실이 아님을 알라.
과거는 단지 기억일 뿐이다.
그것을 진실이라고 믿지 말라.

생각과 올바르게 관계하기…

자기의 어떤 생각도 너무 진지하게 받아들이지 말라.
생각을 물리치라는 말이 아니다.
생각을 허용하라.
마음에 믿음들과 관념들을 허용하라.
하지만 그것들 가운데 어느 하나도 믿지는 말라.
에고와 마음의 환상적인 세계와 평화롭게 공존하라.
어떤 식으로든 마음에 찬성하거나 반대하면
마음을 믿는 것이다.
그러면 당신은 마음에 사로잡힐 것이다.
당신은 환상의 일부가 될 것이다.
환상과 공존하는 올바른 길은 어떤 식으로든
환상에 찬성하지도 반대하지도 않는 것이다.
그저 그것을 있는 그대로 보라.
그것은 생각의 힘으로 창조된 환상의 세계다.
당신은 생각하는 자다.
당신은 자기의 생각으로 환상을 창조하는 자다.
스스로 창조한 세계에서 길을 잃지 말라.

오직 이 순간에만

지금 이 순간 완전히 현존하면,
지금 이 순간 그리고 오직 지금 이 순간에만
당신은 완전히 깨어난 존재다.
만약 다음 순간 과거나 미래에 관해 생각하거나
자기의 영적 진보에 관해 생각하여
마음에 사로잡히면, 당신은 더이상 깨어 있지 않다.
깨어난 상태는 가 버렸다.
당신의 깨달음은 사라졌다.

· · ·

만약 현존하면서 생각이 일어날 때 지켜보면,
그런 생각들은 맑고 드넓은 하늘을 가로질러 가는
옅은 흰 구름처럼 당신을 거쳐 지나갈 것이다.
만약 어떤 식으로든 생각을 믿어서,
또는 생각에 찬성하거나 반대하여
생각들을 개인적인 것으로 만들어 버리면,
그런 생각들은 모여서 두꺼운 구름을 이루어
하늘을 덮을 것이고
한 줄기 빛도 구름을 뚫지 못할 것이다.

현존은 당신의 자연 상태다

지금 이 순간에 자리 잡은 완전히 깨어난 존재로 있는 것은
당신의 자연 상태다. 그러나 대다수 사람은
이 깨어난 상태와 단절되어 있으며 마음의 세계에 빠져 있다.
마음은 원래 표현의 도구로 쓰이기 위한 것이다.
우리가 지금 이 순간에 자리 잡으면, 마음은
우리가 현존과 단절되지 않은 채
그 깊고 영원한 침묵으로부터 표현하도록 허용한다.
마음은 또한 시간이 가능하게 한다.
우리는 마음을 써서 과거를 기억하고
미래를 상상할 수 있기 때문이다.
이는 우리에게 시간이라는 인상을 주는데,
그것은 커다란 환영이다.
사실은 지금 이 순간만 있으며,
그것은 영원한 지금을 드러낸다.
생각이 우리를 마음속으로 너무 멀리 데려가서
우리가 과거와 미래라는 환상의 세계에 빠져들지 않는 한,
생각하는 행위에는 아무 문제가 없다.
그러나 마음속으로 너무 멀리 들어가면,
우리는 분리의 세계로 들어가며
분리되었다는 느낌에서 벗어나려 애쓰면서
여생을 보내게 된다.

현존은 당신의 자연스러운 상태다…

지금 이 순간과 단절되면,
삶과 관계에 큰 악영향이 미칠 수 있다.
당신은 "나는 혼자야, 나는 사랑받지 못해,
나는 무가치해, 나는 부족해, 나는 안전하지 않아,
삶은 투쟁이야."와 같은 제한하는 믿음들을
무거운 짐처럼 지게 된다.
이런 제한하는 믿음들은 아주 어린 시절에 형성되며,
만약 당신 안에 의식되지 않은 채 남아 있도록 허용되면,
남은 삶 동안 당신에게 악영향을 끼칠 것이다.
당신은 또한 화, 상처, 슬픔, 채워지지 않은 필요들,
두려움 같은 억눌린 감정들로 가득 찰 수 있는데,
그것들도 과거에서 유래하며
당신이 삶을 즐기지 못하도록,
자기 자신으로 온전히 존재하지 못하도록 몹시 제한한다.
당신은 사랑과 받아들임을 찾으려 하며 평생을 보낼 수 있지만,
결코 그것을 발견하지 못할 것이다.
더 깊은 무의식 수준에서는 자신이
사랑받지 못하며 부족하다고 느끼기 때문이다.

여기에 있지 않은 세계

지금 이 순간, 당신은 현존하는가,
아니면 마음속에 있는가?
정말로 현존한다면, 당신은 깨어난 존재다.
적어도 이 순간에는….
여기를 떠나 마음속으로 들어가면, 당신은
과거를 기억하고 미래를 상상하는 세계로 들어가고 있다.
기억, 상상, 관념, 생각, 견해, 믿음들로 이루어진
환상의 세계로 들어가고 있다.
지금 이 순간을 통해 드러나는 삶의 진실과
스스로 분리되었다는 의미에서
당신은 분리의 세계로 들어가고 있다.
당신은 참된 자기의 진실에서,
즉 지금 이 순간인 당신의 차원에서 스스로 분리되었다.
사랑, 받아들임, 힘, 자비라는 진실에서 분리되었다.
신과 땅 위의 천국에서 분리되었다.
지금 여기에 있지 않은 세계를 위해
지금 여기의 세계를 버렸다.

깨어난 **현존**의 가장 깊은 수준에서는
이 순간 바깥의 자아감이 없다.

. . .

자신이 **현존**에서 끌려 나오는 모든 방식을 알아차려라.
그러면 마음과 에고에 통달하게 될 것이다.
그때에야 당신은 정말로 자유롭다.

. . .

당신은 태어났다. 아무도 현존하지 않는 세계로.
누군가를 찾기 바라며 당신은 마음속으로 들어갔다.
마음속으로 너무 멀리 들어가면,
과거와 미래 속에 빠지며
지금 이 순간에서 스스로 분리된다.
신과 분리된다.
사랑, 힘, 진실, 지혜의 참된 근원에서 분리된다.
마음속으로 너무 멀리 들어가면,
분리된 상태로 들어간다.

당신은 누구인가?

당신의 정체감은 얼마나 많은 부분이
과거 경험의 기억에 기초하는가?
과거를 참고하지 않으면,
지금 이 순간 당신은 누구인가?
과거나 미래를 참고하지 않으면,
지금 이 순간 삶은 어떠한가?

• • •

'놀라운 은혜'라는 노래의 가사*는 의미심장하다.
"나는 길을 잃었지만, 이제는 발견되었네."
먼저 길을 잃지 않으면, 어떻게 발견될 수 있겠는가?
슬픔을 경험하지 않았다면,
어떻게 행복을 경험할 수 있겠는가?
분리되지 않았다면,
어떻게 하나임을 알 수 있겠는가?
우리는 오랫동안 길을 잃고 있었다.
이제는 발견될 때다.

---

* 찬송가 Amazing Grace(우리말 찬송가의 제목은 '나 같은 죄인 살리신')의 가
   사.— 옮긴이

분리의 고통

분리의 상태에 있을 때는 외로움을 느낀다.
외로움은 고통스럽다. 그래서 그 고통을 회피하고 싶어 한다.
자신이 살아가는 방식을 주의 깊게 살펴보면,
자기 행위의 많은 부분이
외로움과 분리의 고통을 피하기 위해 이루어진다는 것을
알게 될 것이다. 사랑과 받아들임의 추구는
혼자임을 두려워하기 때문인 경우가 많다.
그래서 다른 사람을 통제한다. 다른 사람에게 친절하다.
다른 사람을 기쁘게 해 주고 싶어 한다.
사랑받고 받아들여지고 싶어 한다.
당신은 판단받고 거부당하는 것을 두려워한다.
당신은 어떤 사람이 자신을 위해 있어 주는지 알고 싶어 한다.
당신은 혼자이기를 원하지 않는다.
혼자임을 피하는 데 더 성공할수록 깨어날 기회는 더 적어진다.
마음의 수준에서는 진정으로 분리를 극복할 수 없다.
마음은 마음 아닌 다른 것일 수 없다. 마음은 분리되어 있다.
분리를 회피하려고 애씀으로써 분리를 극복할 수는 없다.
그러면 오히려 마음속으로 더 멀리 들어갈 것이다.
분리에서 해방되고 싶다면, 마음을 초월해야 할 것이다.
마음을 초월하는 유일한 길은 현존하는 것이다.
완전히 현존할 때, 당신은 하나임에 열리고
분리의 환상이 사라질 것이다.

분리

분리를 극복하는 유일한 길은
분리를 극복하려는 노력을 멈추는 것이다.
자신이 혼자임을 받아들일 때만
자신이 혼자가 아님을 발견할 것이다.

분리를 받아들이기

마음속에 있을 때는 모든 것이 이원성 안에서 경험된다.
분리는 하나임과 함께 이원성 안에 있다.
분리되어 있다는 느낌을 경험하고 받아들여야만
하나임을 경험할 수 있다.
한쪽 없이는 다른 한쪽을 알 수가 없다.
혼자이며 분리되어 있다는 느낌을 피하려고 애쓸수록
분리의 꿈속으로 더 깊이 들어가게 되며
하나임으로 깨어나기가 더 어려워질 것이다.
반면, 편안히 이완하며 현존할수록
현존과 하나임으로 가는 입구가 열리기 시작할 것이다.
자신이 혼자임을 받아들인다는 것은
고립되고 혼자여야 한다는 뜻이 아니다.
다른 사람들과 분리된 채 살아야 한다는 뜻이 아니다.
신체적으로 혼자인 것과는 아무 상관이 없다.
자신이 혼자임을 받아들인다는 것은
단지 자신이 자기 안에서 온전하고 완전함을,
자신이 완전해지기 위해 다른 사람이 필요한 것이
아님을 알게 된다는 뜻이다.
더 많이 현존할수록 이 진실을 더 잘 알게 될 것이다.

호숫가 산책

나중에 공원이나 숲, 호숫가를 산책하게 되면
나무들이나 구름, 바위들에게 말해 보라.
"나는 너와 분리되어 있어.
나는 너를 알기 위해 네게서 나를 분리했어."
그것은 분리의 인정이다.
정말로 분리를 인정하고 받아들이면
정말로 자신이 혼자임을 받아들이면
분리의 느낌은 사라지고
하나임의 느낌이 내면에서 떠오를 것이다.

•　　•　　•

깨어날 때는 극복할 분리가 없음을 알게 될 것이다.
그것은 모두 마음의 세계에 존재하는 환상이었다.

필요 대용품의 추구

당신이 세상에 들어왔을 때, 당신에게 정말로 필요한 것은
어머니와 아버지가 당신과 함께 참으로 현존하는 것이었다.
만약 그 아주 어린 형성기에 부모가 현존했다면,
당신은 안전하다고 느꼈을 것이다. 현존에서 나오는
사랑과 받아들임을 느끼고 편안히 이완했을 것이다.
아주 작은 아기였을 때, 아주 어린 아이였을 때
당신에게 정말로 필요한 것은 그것이 전부였다.
하지만 당신의 부모는 현존하지 않았고, 그 때문에 당신은
탄생 과정에 겪은 분리의 트라우마를 정말로 극복하지는 못했다.

그것은 당신 부모의 잘못이 아니다.
그들을 위해 정말로 현존해 준 사람은 아무도 없었다.
그들에게 현존하는 법을 보여 준 사람은 아무도 없었다.
그리고 만약 그들이 어린 시절에 생긴 자기를 제한하는 믿음들,
해소되지 않은 트라우마들, 억눌린 감정들을 여전히 지니고
살아간다면, 그들이 어떻게 당신을 위해 현존할 수 있겠는가?
부모가 현존하지 않는 세계에서 살아가는 것은 당신에게
몹시 고통스러웠다. 당신에게 필요한 것은 그들이 당신을
진심으로 바라보고 귀 기울여 주고
성실하게 보살펴 주는 것이었다.
당신의 부모는 당신과 함께 현존하지 않았을 뿐 아니라
자신의 해결되지 않은 문제들을 다루고 있었다.
아마 어머니는 정서적으로 함께하지 않았을 것이다.

필요 대용품의 추구…

아마 그녀는 당신에게 지나치게 높은 기대를 했을 것이다.
당신이 어떤 것을 그녀가 원하는 대로 하지 않으면,
그녀는 당신을 비난했을 것이다.
아마 아버지는 화를 내거나 질책했을 것이다.
그는 알코올 의존증이었을 수도 있다.
그는 폭력적이거나 학대했을 수도 있다.
어떤 사건에서든 당신은 그 결과로
제한하는 믿음들을 많이 가지게 되었을 것이다.
아마 당신은 혼자이며 분리되었다고 느꼈을 것이다.
아마 당신은 사랑받지 않는다고, 부모가 원하는 자녀가
아니라고, 부족한 사람이라고 느꼈을 것이다.
아마 자신이 중요하지 않다고 느꼈을 것이다.
이것이 어린아이였던 당신에게는 너무나 고통스러웠기에
당신은 어떤 결정들을 했다.
첫 번째 결정은 아픈 감정들을 억누르는 것이었다.
어린 당신이 감당하기에는 그런 감정들이
너무 버거웠기 때문이다.
두 번째 결정은 이런 아픈 감정들을 극복하기 위한 전략,
아무도 진정으로 현존하지 않는 세계에서 살아가는 고통을
피하기 위한 전략을 계발하는 것이었다.
당신의 에고는 이런 결정과 전략에 깊이 관여했다.
당신에게 원래 정말로 필요한 것은
다른 사람들이 당신과 함께 현존하는 것이었다.

필요 대용품의 추구…

그러나 네 살이 되었을 때 당신은 그런 필요에 대한 기대를
포기했다. 그런 일이 일어나지 않으리라는 것을 받아들였고,
그래서 서서히 그런 필요와 단절되었다. 대신에, 당신에게
정말로 원래 필요한 것이었던 **현존**의 대용품을 추구하는
여행을 시작했는데, 도중에 길을 많이 벗어났고
길을 잃어버렸다. 이 필요 대용품의 추구는 계속될 것이다.
당신이 죽을 때까지, 또는 당신이 이 모든
안타까운 이야기를 의식적으로 알아차릴 때까지.

첫 번째 필요 대용품은 사랑이다.

"어머니, 아버지, 당신이 현존하지 않으면, 저는 안전하다고
느끼지 않아요. 저는 혼자라는, 분리되어 있다는 이 느낌을
좋아하지 않아요. 그러니 적어도 저를 사랑해 줄래요?
그러면 저는 많이 외롭지는 않을 것 같아요."

하지만 어린아이였던 당신에게 필요한 것은 **현존**에서 나오는
조건 없는 사랑의 에너지였다. 이 필요는 거의 채워지지 못했다.
당신의 어머니나 아버지는 부모에게서 그런 조건 없는 사랑을
받아 본 적이 없기 때문이다. 당신의 부모는 현존하지 않기에
당신에게 필요했던 조건 없는 사랑을 줄 수 없었고,
그래서 당신은 두 번째 필요 대용품을 추구하기 시작했다.

필요 대용품의 추구…

"좋아요, 어머니, 아버지. 저는 조건 없는 사랑을 느끼지 않아요.
저는 여전히 혼자이며 분리되어 있다고 느껴요.
적어도 저를 받아들여 줄래요?"

받아들임은 두 번째 필요 대용품이다.
그러나 당신에게 정말로 필요한 것은 **현존**에서 일어나는
조건 없는 받아들임이었다. 현존과 함께할 때는 판단이 전혀 없다.

당신의 부모는 이 필요를 채워 줄 수 없었다.
그들은 조건 없는 받아들임을 경험해 본 적이 없기 때문이다.
우리에게 필요한 사랑과 받아들임을 발견할 수 없을 때,
우리는 세 번째이자 마지막 필요 대용품을 추구한다.

"좋아요. 저는 사랑받는다고 느끼지 않아요. 받아들여진다고 느끼지 않아요. 여전히 혼자라고 느껴요. 그래서 제게 필요한 건 당신이 저를 특별하다고 여겨 주는 거예요. 저를 특별하다고 여기면 제 곁에 있고 싶어 하겠죠. 그럼 저는 외로움을 덜 느낄 거예요."

이것은 성공하고 중요하고 인정받고 알려지고 싶은 필요와 결부된다. 만약 당신이 이런 세 번째 필요 대용품의 추구에 깊이 참여하면, 그것은 사랑이나 받아들임을 포기했다는, 사람들이 함께 현존하기를 원하는 진정한 원래 필요와 완전히 단절되었다는 뜻이다.

필요 대용품의 추구…

나이 들면서 이 추구는 점차 부모를 넘어 다른 사람들에게로
일반화된다. 이런 필요 대용품들을 추구하며 평생을
보낼 수도 있다. 이런 필요 대용품들을 계속 추구하는 한,
당신은 이야기 속에 빠져 있을 것이다. 얼마나 많은 사람이
당신을 사랑하거나 받아들이거나 특별하다고 여기는지는
중요하지 않으며, 당신은 그렇다고 느끼지 못할 것이다.
왜냐하면 더 깊고 무의식적인 수준에서는 마음이 여전히
어린 시절의 그런 제한하는 믿음들로 프로그래밍 되어 있기
때문이다. 설령 백 명이 당신을 사랑하더라도 당신은
그렇다고 느끼지 않을 것이다. 더 깊은 수준에서는
사랑받지 않는다고 느끼기 때문이다. 설령 크게 성공하더라도
무의식 수준에서는 여전히 자신이 부족하다고 느낀다.
이런 제한하는 믿음들과 억눌린 감정들은 과거에서 온 것이다.
이런 필요 대용품들을 계속 추구하는 한, 당신의 자아를
그 고통스러운 과거에 가두어 놓을 것이다.
하지만 당신이 알아차려야 할, 이보다 더한 결과들이 있다.
만약 다른 사람들에게서 사랑, 받아들임, 인정을 추구하면,
자기의 힘을 그들에게 내주게 된다. 만약 다른 사람들이
당신을 사랑하거나 받아들이면, 당신은 기분이 아주 좋다.
그러나 만약 그들이 당신을 비난하고 거부하면,
당신은 무너진다. 당신은 다른 사람들에게 자신의 힘을
내주었고, 그들에게 당신을 지배할 힘을 주어 버렸다.

필요 대용품의 추구…

자유로워지고 싶다면, 자기의 힘을 되찾아야 할 것이다.
이런 필요 대용품들을 추구하다가 어떻게 다른 사람들 안에서
자기를 잃어버렸는지를 알아차려야 할 것이다.
그리고 다른 사람들이 당신과 함께 현존하기를 바라는
진정한 원래 필요로 돌아와야 할 것이다.

"당신은 나를 사랑할 필요가 없습니다. 나는 사랑이기 때문입니다.
나를 받아들일 필요가 없습니다. 나는 받아들임의 에너지이기
때문입니다. 당신은 나를 특별하다고 여길 필요가 없습니다.
나는 특별할 필요가 없기 때문입니다. 하지만 나는 당신이
나와 함께 현존하기를 원합니다. 당신이 현존하지 않으면,
내가 현존하기는 매우 어렵고, 만약 내가 현존하지 않으면,
다른 모든 사람이 그렇듯이 나도 분리 속에서 길을 잃습니다."

다른 사람들에게 당신과 함께 현존해 달라고 부탁하는 것은
건전하지만, 먼저 당신이 직접 현존해야 한다.
이것은 이 해방의 과정 중 마지막에서 두 번째 스텝이다.
마지막 스텝은 다음 문장으로 표현된다.
"나는 현존합니다. 당신이 현존하든 안 하든!"

당신은 현존할 용기가 있는가,
설령 당신이 유일하게 현존하는 사람이라도?

필요 대용품의 추구를 끝내기

이 끝없이 이어지는 필요 대용품의 추구를 끝내려면
어떻게 해야 할까?
첫 스텝은 현존하는 법을 배우는 것이다.
현존하는 법을 배우면, 필요 대용품을 추구하면서 자기를 잃는
모든 방식을 포함하여, 이야기 속의 자신이 누구인지를 보는
초월적 시각을 얻게 된다. 그 뒤 자신이 부족하다거나
무가치하다는 등의 감정이 올라오면, 그 감정에 주의를 기울인다.
그것은 분석하는 과정이 아니다. 지켜보는 과정이다.
다른 사람들을 기쁘게 해 주거나 좋은 인상을 주려고 애쓰는가?
다른 사람들이 자기를 판단하거나 거부하는 일에 관심을 두는가?
사랑받지 못한다고 느끼는가? 사랑과 받아들임을 추구하는가?
다른 사람들이 자기를 어떻게 생각할지 두려워하는가?
이런 감정들이 일어날 때마다 인정하고 고백해야 할 것이다.

다음 스텝은 화를 내는 것이다.
"꺼져! 나는 이제까지 내 힘을 내주고 있었어.
당신의 사랑과 받아들임을 원하느라 나 자신을 잃고 있었어.
나를 비난하다니, 닥쳐! 어떻게 감히 당신이 나를 모욕하지?
어떻게 감히 나를 거부해."

이 말을 상대방에게 직접 표현하지는 말라. 그저 자신을
이런 무의식적인 패턴들에서 해방하는 방법으로 화를 표현하라.

필요 대용품의 추구를 끝내기…

화를 스스로 책임지며 화가 표현되도록 허용하면, 힘을 되찾고
활기찬 자기 자신으로 돌아올 것이다. 화가 표현되도록 허용하면,
현존의 더 깊은 수준이 열리고, 거기에서 진정한 치유가
일어날 것이다. 놀이하듯이 화를 표현하면 도움이 되며,
그 표현은 다른 사람을 직접 향하지 않아야 한다.
화와 비난을 놓아 보내면, 훨씬 더 현존하고
훨씬 덜 근심한다는 것을 느끼게 될 것이다.

이제 당신은 다음 스텝을 위해 준비되었다.
당신은 더는 다른 사람들에게서 사랑, 받아들임, 인정을
추구하지 않는다. 더는 판단이나 거부를 두려워하지 않는다.
당신은 현존한다. 이제 만약 누가 당신을 판단하면,
다음 방법으로 표현할 수 있는데, 그러면 매우 자유로워질 것이다.
이런 말은 특정한 사람에게 표현하기 위한 것이 아니다.
이 말은 당신이 인류 전체에게 말하는 것과 비슷하다.
개인적인 것이 아니다.

"마음껏 나를 판단하세요. 만약 당신이 나를 판단하면,
그것은 내가 아니라 당신에 관해 말하는 것입니다.
그것은 당신이 판단의 에너지에 사로잡혀 있다는 뜻입니다.
판단의 에너지는 내가 그것을 떠맡지 않으면 당신과 함께
머무릅니다. 만약 내가 그 에너지를 떠맡는다면, 그것은
내게 당신의 받아들임, 인정이 필요하다고 여기기 때문입니다.

필요 대용품의 추구를 끝내기…

내게 당신의 받아들임과 인정이 필요하다고 믿지 않으면,
당신의 판단은 나를 건드릴 수 없습니다. 내게 당신의 사랑이
필요하다고 믿지 않으면, 당신의 거부는 나를 건드릴 수 없습니다.

나는 나 자신을 책임질 준비가 되었습니다.
내가 당신의 거부에 노출되는 것은 내게 당신의 사랑이
필요하다고 여기기 때문입니다. 만약 내게 당신의
사랑과 받아들임이 필요하다고 여기면, 이는 그저
내가 현존하지 않고 내가 누구인지를 잊었다는 뜻입니다.
왜냐하면 현존할 때 나는 사랑이기 때문입니다.
나는 받아들임입니다. 현존할 때 당신은 사랑입니다.
당신은 받아들임입니다. 만약 내가 사랑과 받아들임이라면,
왜 당신에게 사랑받고 받아들여질 필요가 있다고 여기겠습니까?
만약 당신이 사랑이고 받아들임이라면, 왜 내게
사랑받고 받아들여질 필요가 있다고 여기겠습니까?"

현존할 때 당신은 자기 안에서 온전하고 완전하다.
이제는 자신에게 그들의 사랑, 받아들임, 인정이 필요하다고
여기지 않으면서 그들과 순간순간 관련될 수 있다. 그리고 더는
다른 사람들이 자신을 어떻게 생각하는지에 관심 두지 않게 된다.
당신은 그저 자기 자신으로 존재할 수 있다. 그리고 자연히,
사랑은 많은 방식으로 당신을 통해 표현될 것이다.
당신이 현존하기 때문이다. 그리고 현존할 때 당신은 사랑이다.

현존하는 사람의 건전한 필요들

내가 '현존하는 사람의 건전한 필요들'이라고
표현하는 두 가지 필요가 있다.
이런 필요들과 필요 대용품들 사이에는 뚜렷한 차이가 있다.

첫째는 순간순간 관련됨*이다.
이는 당신이 현존함을 나타낸다.
나는 순간순간 관련됨을 건전한 필요라고 부른다.
깨어난 사람들도 **현존** 안에서 그들을 지원할
어느 정도의 관련됨이 필요하기 때문이다.
당신은 자연 속에서 그런 관련됨을 경험할 수 있다.
꽃이나 나무, 바다의 파도들과 함께 현존할 수 있다.
그것은 아주 친밀하고 충족되는 경험이다.

하지만 다른 사람들과 지금 이 순간 관련됨이 필요할 때가 있으며,
그럴 때 우리는 현존하며 더 깊은 수준에서 서로 만난다.
커피를 마시거나 함께 산책할 친구를 만날 수 있고
친구들이나 가족과 다른 활동을 즐길 수 있는데,
순간순간 관련됨에서 주요 요소는
두 사람이 적어도 서로 함께 어느 정도 현존하고
서로의 이야기에 완전히 사로잡히지는 않는 것이다.

---

* 관계라는 고정된 틀에 갇히지 않고 그때그때 순간순간 관련되는 것을 의미한다. '관계'가 명사라면 '관련됨'은 동사다. — 옮긴이

현존하는 사람의 건전한 필요들…

순간순간 관련됨은 관계와 같지 않다.

관련됨은 순간순간 이루어진다.

당신은 근본적으로 현존하며, 당신과 관련되는 사람도 그렇다.

반면에, 관계는 과거와 미래를 포함한다.

당신은 현존하지 않으면서 다른 사람과 관계할 수 있다.

관계는 시간 안에 존재하며, 과거와 미래,

마음속에 프로그래밍 된 모든 견해, 개념, 관념, 믿음을 포함한다.

이는 과거의 아픔과 제한들, 모든 억눌린 감정,

치유되지 않은 트라우마가 관계에 침범할 수 있다는 뜻이다.

이는 온갖 종류의 갈등과 불화로 이어질 수 있다.

현존의 다른 건전한 필요는 일이다.

여기에서 말하는 일은 돈이나 성공을 위한 일이 아니라,

자기를 표현하고 삶에 참여하는 활동을 위한 일이다.

자기를 남과 비교하거나, 자신이 얼마나 많은 돈을 버는지로

평가하며 성공을 추구할 때, 우리는 일을 복잡하게 만들어 버린다.

일은 단순히 세계 안의 활동과 참여로 자기 자신을

표현하는 것이다. 당신은 슈퍼마켓에서 일할 수 있고,

자원봉사자로 일할 수도 있다.

어떤 일을 하는지는 그다지 중요하지 않다.

적어도 삶에 참여하고 사람들과 함께하고 있기 때문이다.

지속적인 동반자 관계

행복하고 충족되며 깨어난 삶을 살고 싶다면.
순간순간 관련됨에 기초한
지속적인 동반자 관계가 헤아릴 수 없이 귀중하다.
혼자일 때 매우 편안한 사람들에게조차 그렇다.

관계

관계는 깨어남의 과정으로 통합되어야 하는
가장 어렵고 복잡한 것 가운데 하나다.
관계는 그 성질상 시간 안에 존재한다.
관계는 필연적으로 당신을 마음속으로 데려갈 것이다.
그리고 마음속에 있으면, 어린 시절 부모와의 관계에서
해결되지 않은 모든 문제가 밀려들 것이다.
내면의 아이는 기적적으로 살아나서
자기의 상처받은 현실을 당신의 현재 관계에 투사할 것이다.
마법사처럼 당신은 과거를 다시 불러낸다.
과거에 채워지지 않은 모든 필요, 상처, 원망, 화도 함께.
그것들은 이제 현재로 투사되어
당신이 지금 맺고 있는 관계를 훼손하거나 파괴한다.

이를 피하고 싶다면, 관계가 아니라
순간순간 관련됨에 중점을 두어야 할 것이다.

관계…

순간순간 관련됨은 지금 이 순간 일어난다.
현존할 때는 순간순간 관련됨만을 경험할 수 있다.
삶에 친밀함을 가져오는 것은 순간순간 관련됨이다.
서로 진정으로 현존할 때만 힘을 얻고
지원받는다고 느낄 것이다.
함께 있으면서도 한 번도
서로 진정으로 현존하지 않는 사람이 많다.
그들은 혼자임의 괴로움을 피하려고 서로 이용할 뿐이다.
그런데도 여전히 괴로움을 느낀다.
그들은 그 괴로움을 벗어날 수 없다.
현존하는 법을 배워라.
지금 이 순간의 관련됨이 함께하는 삶의 기반이 되게 하라.
서로를 당연하게 여기지 말라.
미래가 무엇을 가져올지는 알 필요가 없다.
그저 지금 이 순간이 당신에게 주는 모든 것을 즐겨라.

관계의 가치

사람과 관계하는 것이 좋은 두 가지 이유가 있다.
첫째는 가장 일반적이다.
외면하고 싶은 자기의 모든 모습을 남김없이 드러내는 데는
관계가 더없이 효과적이다. 기꺼이 눈을 뜨고
관계라는 거울을 들여다보려 한다면, 어린 시절
부모와의 관계를 통해 마음속에 프로그래밍 된
통제, 판단, 부족감, 비난, 죄책감, 결핍,
기대, 조종, 무력감, 무가치함, 고립감, 두려움 같은
모든 무의식적 패턴을 보기 시작할 것이다.
이런 무의식적 패턴을 의식하는 것은 깨어나는 과정에
필수적인 부분이다. 이런 종류의 관계는
보통 사랑에 빠지는 것으로 시작하여
이혼 법정에 서는 것으로 끝날 때가 많다.

이와 다른 종류의 관계가 있다.
일단 깨어나면, 당신처럼 현존하는 다른 존재와
지금 이 순간을 나누는 것보다 더 큰 기쁨은 없다.
이런 종류의 관계는 지금 이 순간 관련됨에 바탕을 두며,
다른 사람을 통해 충족되지 못한 과거의 결핍들을 채우거나
미래의 안전을 보장받으려 하지 않는다.
이런 종류의 관계를 나눌 수 있는 사람을 만나거든
무척 감사히 여겨라.

남자와 여자의 영원한 딜레마

여자의 관점에서
그녀의 영원한 딜레마는,
남자가 한 번도 그녀와 함께 완전히 현존하지 않는다는 것이다.
남자는 자기를 완전히 주는 법이 없다.
그래서 여자는 이용당했다고 느낀다.
속았다고 느낀다.
수치스럽다고 느낀다. 불만을 느낀다.
여자는 남자를 놓아주지 않을 것이다.
남자가 자기와 함께 완전히 현존하기 전에는….
그에게 집착할 것이다.
그를 교묘히 조종할 것이다.
그에게 간섭할 것이다.
하지만 그를 놓아주지는 않을 것이다.
그가 자기와 함께 완전히 현존하기 전에는.
남자의 관점에서는,
여자가 자기를 놓아주지 않으리라는 것을
알기에 여자와 함께 완전히 현존하지는 않을 것이다.
그녀는 그를 놓아주지 않을 것이다.
그런데 그는 놓여나야만 한다.
놓여나지 않으면 그에게는 죽음이나 마찬가지다.

남자와 여자의 영원한 딜레마…

남자와 여자의 영원한 딜레마는 '닭과 달걀'이다.
무엇이 먼저인가?
여자는 남자가 완전히 현존하지 않기에
그를 놓아주지 않을 것이다.
남자는 여자가 자기를 놓아주지 않을 것이기에
완전히 현존하지는 않을 것이다.
이 영원한 딜레마는 서로의 관계에 깊이 스며들었다.
남자와 여자가 합의하지 않으면
이 딜레마는 변함없이 계속될 것이다.
남자는 여자와 함께 완전히 현존하는 데 동의해야 할 것이다.
여자는 남자를 완전히 놓아주는 데 동의해야 할 것이다.

놓아줌은 의식에서 일어나는 일이다.
그것은 우리 각자가 하나라는 인정이다.
우리는 둘이 아니다.
남자는 하나다. 여자는 하나다.
하나 더하기 하나는 둘이 아니다. 그들은 하나가 된다.
남자가 놓여나면 여자를 떠날 것이라는 말이 아니다.
남자가 여자를 이용한 뒤 떠나거나
다른 여자와 함께할 것이라는 말이 아니다.

남자와 여자의 영원한 딜레마…

완전히 진화된 세계에서는
남자와 여자는 신성한 남편과 아내로 함께 살 것이다.
남자는 여자와 사랑하는 삶을 나누고 싶어 할 것이다.
남자는 여자에게서 참되며 한결같은 동반자를 발견한다.
남자는 여자와 함께 있을 때 늘 현존한다.
여자는 남자에게 집착하거나 그를 붙잡지 않는다.
여자는 자기 안에서 안전하다.
여자는 남자가 자기를 존중하고 인정한다고 느낀다.
여자는 만족한다.

그들은 사랑과 참된 보살핌으로 순간순간 관련된다.
그들은 서로 간섭하려 하지 않는다.
그들은 함께 현존하며 때로는 깊이 현존한다.
그들은 그들의 관계 안에서 자연스러운 흐름이
펼쳐지도록 허용한다. 그들은 밀물과 썰물처럼
조화롭고 자연스럽게 만나고 헤어진다.
하루에도 많이….
그들은 만날 때 함께 현존하고,
헤어질 때는 정말로 놓아준다.
그들은 방금 지나가 버린 순간을 붙잡지 않고
다음 순간으로 들어간다. 이런 종류의 관계는
우리의 운명이다. 우리의 참된 미래다.

우리가 깨어날 때

현존으로 깨어날 때 우리는
서로를 알아보기 시작할 것이다.
나는 당신을 사랑의 존재로 볼 것이다.
당신은 나를 사랑의 존재로 볼 것이다.
우리는 서로에게 아무것도 필요로 하지 않을 것이다.
현존이라는 선물, 동반자 관계라는 선물 말고는.
우리 각자는 완전하고 온전하므로.
우리는 사랑의 에너지 안에서 나눌 수 있다.
우리는 함께 순간을 나눌 수 있다.
사랑하는 순간들을 충분히 함께하면
우리는 사랑하는 삶을 함께하고 있을 것이다.

여성

여자여, 그대는 신성한 사랑의 존재다.
그대의 몸은 성스럽다.
그대가 진정 누구인지 알지 못하는
무의식적인 남자에게 성적 대상으로 이용되느니
차라리 독신으로 혼자 지내는 편이 낫다.

·　·　·

여성은 정말로 신을 떠난 적이 없다.
오고 가는 것은 남성의 성향이다.

통제할 필요

인간의 마음 중 일부의 임무는
당신과 당신 삶의 모든 것,
모든 사람을 통제하는 것이다.
이 통제하는 부분은 당신의 에고다.
당신이 마음속에 있을 때,
에고는 당신을 지배하고 통제한다.
에고는 아무도 현존하지 않는 세상에서
당신을 보호하고 안전하게 지키는 임무를 맡고 있다.
에고는 당신이 깨어나기를 원하지 않는다.
당신이 깨어나면 더는 당신을 통제하지 못할 테니.

통제의 패턴

상처받지 않도록 당신을 보호하면서
여러 해에 걸쳐 계발된 통제의 패턴이 많다.
통제의 패턴들이 모두 다른 사람과 연관되는 것은 아니다.
이해하고 싶은 욕구도 통제의 패턴이다.
당신이 이해하지 못하면, 어떤 일이 일어날까?
자기 뜻대로 하고 싶은 욕구도 통제의 패턴이다.
미래에 어떤 일이 일어날지 알려는 욕구도 통제의 패턴이다.

때로 통제의 패턴들은 더 교묘하다.
자기의 어떤 면을 숨기는 것도 통제의 패턴이다.
그것은 남들에게 판단받거나 거부당하지 않으려는 방책이지만,
당신이 있는 그대로의 모든 모습으로 있지 못하도록 가로막는다.
당신이 온전한 진짜 인간 존재로 있지 못하도록 가로막는다.
깨어나고 싶다면, 숨지 말고 나와야 할 것이다.
다른 사람들에게 그리고 아마도 자기 자신에게 숨겨 온
자기의 모든 면을 드러내야 할 것이다.

감정을 억누르는 것도
아주 어린 시절부터 계발되기 시작한 통제의 패턴이다.
진짜 감정을 사람들에게 정직하게 표현하면,
책망받거나 거부당하거나 다른 사람들을
불편하게 만들 수 있기에 억누른다.

통제의 패턴…

우리는 많은 방식과 다양한 이유로 자기 자신을 통제하지만,
남들까지 통제하고 싶은 욕구가 있다.
화를 내거나 공격적이거나 위협하는 행동, 위압하려는 행동은
모두 남들을 통제하려는 패턴의 예들이다.
그것은 완력과 힘, 기세로 상대방을 제압하려는 시도들이다.
이런 종류의 통제는 상대방을 겁먹게 하여 굴복시킴으로써
통제하는 사람이 자기 뜻대로 통제하려는
의도를 가진 전략에 바탕을 두고 있다.

비판과 판단도 통제의 패턴들이다.
그렇게 하는 의도는 상대방이 위축되고 약해져서
자기를 더 작은 존재로 느끼게 하여 쉽게 통제하려는 것이다.
비난도 통제의 패턴 혹은 전략이다.
만약 내가 당신에게 죄책감을 느끼게 만들면, 당신은
내 뜻에 더 쉽게 굴복할 것이다. 기대와 원망도 마찬가지다.

자기의 삶을 주의 깊게 조사해 보라. 자기의 삶에서
일상적으로 일어나는 사건 가운데 통제의 패턴들이
얼마나 많은 역할을 하는가? 통제의 패턴들이
당신의 인간관계의 성질에 얼마나 많은 악영향을 미치는가?
통제의 패턴들이 당신의 삶에서 충만함과 자유의 경험을
얼마나 많이 앗아 가는가?

통제할 필요를 포기하기

당신의 삶에서 통제의 패턴들을 점차 포기하려면,
그런 통제의 패턴들을 아무 판단 없이 알아차려야 한다.
그저 그것들을 있는 그대로 보라.
그것들은 마음의 수준에서는 삶의 불가피한 부분이다.
당신이 지금 이 순간으로 깨어날 때
이런 통제의 패턴들은 점차 사라질 것이다.
지금 이 순간에는 그것들이 있을 자리가 없다.
그것들은 무관하고 불필요해질 것이다.
현존 안에서는 보호할 필요가 없으므로 통제할 필요가 없다.
현존할 때 당신은 자기에게 나타나는 이 순간을
통제할 필요 없이 받아들인다.
당신이 통제할 필요를 포기하면, 다른 사람들은
당신을 통제하기가 더 어렵다는 것을 알게 될 것이다.
당신을 제한하기가 더 어렵다는 것을 알게 될 것이다.

이원성의 세계

마음으로 들어가는 것은
과거와 미래로 들어가는 것이다.
이원성의 세계로 들어가는 것이다.
당신의 내면에 있는
고요하며 침묵하는 **현존**의 자리에 가려면
이원성 안에서 균형 잡히게 사는 법을
배워야 할 것이다.
그 내면의 자리는
당신 **존재**의 한가운데에 있다.
그것은 모든 이원성을 초월한다.

이원성

마음의 수준에 있는 모든 것은 이원성 안에서 경험된다.
예외는 없다.
차가움 없이는 뜨거움을 경험할 수 없다.
뜨거움은 차가움을 규정하고
차가움은 뜨거움을 규정한다.
이 둘은 서로에게 필수적이다.
길고 짧음, 낮과 밤도 마찬가지다.

뜨거움과 차가움, 길고 짧음, 낮과 밤이라는
이원적 성질을 받아들이는 데
어려움을 느끼는 사람은 거의 없다.
그러나 행복과 슬픔, 기쁨과 아픔,
하나임과 분리라는 이원적 성질은
그리 쉽게 받아들이지 못한다.
우리는 긍정적인 것을 선택하고
부정적인 것으로 여기는 것은 거부하는 경향이 있다.
우리는 이원성 안에서 균형 잡힌 상태로 사는 법을 알지 못한다.
우리는 이원성의 한쪽을 위해
다른 한쪽을 거부하는 데 익숙하다.
이로 인해 우리는 스스로 균형을 깨뜨리고 있다.
스스로 중심을 떠나며, 하나임으로 들어가는 문을 닫고 있다.

이원성…

당신이 거부하는 그것은
당신에 대한 권리를 주장하기 위해 늘 다시 올라온다.
슬픔을 거부하면 슬픔 속에 갇힐 것이다.
슬픔이 당신을 차지할 것이다.
행복은 들어오지 못하게 거부당할 것이다.
아픔을 거부하면 기쁨을 거부당할 것이다.
분리를 거부하면 하나임을 경험하지 못할 것이다.
이원성의 성질이 원래 그렇다.
우리는 이원성 안에서 균형 잡힌 상태로 사는 법을 배워야 한다.
이원성을 초월하고 현존과 하나임으로 깨어나려면 그래야만 한다.
거기에서 미움 없는 사랑을,
아픔 없는 기쁨을,
거부 없는 받아들임을,
하나임의 순수한 경험을 발견할 것이다.

우리는 벗어나고 싶어 한다

우리는 마음속에 갇힌 고통스러운 기억에서 벗어나고 싶어 한다.
무력감, 상처, 절망의 느낌에서 벗어나고 싶어 한다.
고립되고 분리되어 있다는 느낌에서 벗어나고 싶어 한다.
화, 아픔, 결핍, 두려움의 느낌에서 벗어나고 싶어 한다.
그래서 우리는 벗어날 것이라는 희망으로 깨달음을 추구한다.
명상을 한다. 더욱 영적인 사람이 된다.
안락과 구원을 추구하면서 온갖 거짓된 믿음을 만들어 낸다.
그러나 우리는 실패할 것이다. 실패할 수밖에 없다.
무의식 수준에서 우리 안에 묻혀 있는 것을
벗어날 수는 없기 때문이다.

깨어나는 존재의 역할은 우리 안에 묻혀 있는 모든 것이
표면으로 떠올라 의식되도록 허용하는 것이다.
과거의 치유되지 않은 트라우마든,
아주 어린 시절에 형성된 제한하는 믿음이든,
내면 깊이 묻어 둔 억눌려 있는 다양한 감정이든,
그 모든 것은 떠오르도록 초대받는다.
그 모든 것이 의식될 때,
우리는 사랑과 자비로 그것을 지켜볼 수 있다.
그러면 그것은 점차 사라질 것이다.
우리는 더는 고통스러운 과거에 사로잡히지 않을 것이며,
그러면 더욱 현존할 수 있을 것이다.

깨어남의 과정

우리는 에고와 올바른 관계로 들어와야 한다.
이것은 깨어나는 과정의 일부다.
우리는 이야기 안에서 우리가 어떤 사람이 되었는지를
인정하고 알아보고 고백해야 한다.
우리가 어떻게 다른 사람들 안에서
자기 자신을 잃었는지 알아차려야 한다.
그리고 과거에서 온 그 모든 억눌린 감정을 해방해야 한다.
그때에야 우리는 근본적으로 **현존** 안에 자리 잡을 것이다.

억눌린 감정들

부모와 어린 자녀 사이에는 의지의 전쟁 같은 일이 벌어진다.
아이는 더 강력하지만, 부모는 더 크다.
그래서 마침내 우리는 굴복할 수밖에 없었다.
우리는 전쟁에서 졌다.
우리는 원하는 것을 더는 요청하지 않았고,
원하지 않는 것을 받아들이는 법을 배웠다.
그리고 그 과정에서 감정을 억누르는 법을 배웠다.
감정들을 억누를 때 당신은
자기를 거쳐 지나가는 감정들의 여행을 방해한다.
당신은 감정들을 자기의 일부로 만들고,
감정들이 내면에 쌓이면
화난 남자나 화난 여자가 된다.
또는 상처받은 남자나 여자가 된다.
피해자가 되거나, 남들에게 피해를 주는 사람이 된다.
이런 감정들은 원래 당신의 일부가 되기 위한 것이 아니다.
이런 감정들은 억눌린 감정들이 표면에 떠오르도록
허용하는 과정을 거쳐야 할 것이다.

억눌린 감정들…

감정들은 과거에 기초한 이야기와 함께 떠오를 것이다.
감정들이 표현되도록 허용하되,
그 감정들과 엮인 이야기에 빠져들지는 말라.
그저 계속 현존하면서, 어떤 감정이 떠오르든
침묵하며 자비롭게 지켜보는 자로 있어라.
억눌린 감정들을 표현할 때는 늘 책임지는 방식으로 표현하라.
다른 사람들을 연관시키지 않는 것이 가장 좋다.
그러면 자기 안에 억눌려 있는 감정들이 점차 풀려날 것이다.
과거에서 온 모든 감정을 비워 내면,
현재 올라오는 감정들에 알맞게 반응할 수 있다.
이런 감정들은 과거와는 아무 관계가 없다.
감정들이 실어 오는 단순한 메시지에 알맞게 반응하면,
그것들은 곧 당신을 지나갈 것이다.
그것들은 당신에게 들어오지 않을 것이다.
그것들은 당신 정체성의 일부가 되지 않을 것이다.
그러면 당신은 순간순간 자연스럽게 반응하며
깨어 있는 삶을 살 수 있다.

꽃과 감정의 차이

꽃과 나무는 과거나 미래를 알지 못한다.
꽃은 그저 여기에 있을 뿐이다.
나무는 그저 여기에 있을 뿐이다.
그들은 현존하며,
그들과 함께 현존하는 것은 아주 쉬운 일이다.
당신은 그들의 이야기에 빠질 수 없다.
그들은 이야기가 없기 때문이다.

하지만 억눌린 감정들은 과거에서 유래한다.
그것들은 이야기와 함께 온다.
'어떤 사람이 비난받아야 한다.
어떤 사람이 당신에게 상처를 주었다.
어떤 사람이 당신을 화나게 했다.
삶은 공정하지 않다.'
이런 생각과 감정은 모두 당신 이야기의 일부다.
억눌린 감정이 일어나면,
그 감정들은 지금 이 순간 일어나고 있어도,
그 감정들의 이야기는 언제나 과거에서 온다.

꽃과 감정의 차이…

계속 현존하고 싶다면, 감정들이 일어날 때
감정과 엮인 이야기에 빠지지 않으면서
그 감정들과 함께 현존해야 한다.
그 이야기에 빠져 버리면,
당신은 마음에 사로잡힌다.
당신은 더이상 현존하지 않는다.
당신은 과거에 사로잡히고,
그 아프거나 제한된 과거를
지금 이 순간에, 다른 사람들에게 투사한다.

이런 식으로, 당신은 자기만의 괴로움을 만들어 낸다.
당신이 할 수 있는 일은
감정들이 일어날 때
이야기에 빠지지 않으면서 감정을 느끼는 것이 전부다.
감정들을 의식하면서 경험하라.
감정과 함께 현존하라.
필요하면, 감정에 표현을 허용하라.
그러나 그 이야기 속에 빠지지는 말라.
이렇게 하면 당신은 계속 현존할 것이다.
당신 안에서 화, 상처, 슬픔, 아픔 같은
힘든 감정이 일어날 때도.

감정

감정은 강물과 같다.

감정은 원래 당신을 통해 자유롭게 흘러야 한다.

감정을 억누르거나 부인하는 것은

댐을 쌓아 강물을 막음과 같다.

댐을 쌓아 자기 자신을 막음과 같다.

생각 없이 감정을 경험하라.

감정이 당신 안에서 완전히 표현되도록 허용하되

이야기에는 사로잡히지 말라.

감정이 당신을 거쳐 흐르도록 허용하라.

현존하기가 훨씬 쉬워질 것이다.

아무도 화나게 할 수 없다

과거의 화가 당신 안에 억눌려 있지 않다면,
아무도 당신을 화나게 할 수 없다.
과거의 상처받은 감정이 당신 안에 억눌려 있지 않다면,
아무도 당신에게 상처를 줄 수 없다.

· · ·

깨어나고 싶다면, 감정과 올바르게 관계하는 법을
배워야 할 것이다. 그것은 깨어남의
근본적인 열쇠 가운데 하나다.
감정에 관해 생각하지 말라. 감정을 느껴라.

· · ·

감정을 분석하는 것은 감정에 관해 생각하는 것이다.
그러면 당신은 지금 이 순간에서 나와
마음속으로 들어가게 될 것이다.
감정에 관해 알아야 할 것이 있다면,
감정이 일어날 때 감정 안에서 스스로 드러날 것이다.
아무것도 드러나지 않으면,
그저 편안히 이완하며 감정을 느껴라.
그것은 당신이 알아야 할 것이 아무것도 없다는 뜻이다.

화와 상처

내면에 억눌린 화가 있다면,
화가 완전히 표현되도록 허용하되
놀이하듯이 표현되게 하라.
화를 표현하되, 화가 당신이 믿기를 원하는
이야기에는 관여하지 말라.
상처에 대해서도 마찬가지다.
상처를 느껴라. 하지만 상처는 과거에 기초함을 알라.
이야기에 빠지지 말라.
그저 상처와 슬픔이 당신 안에서 완전히 표현되도록 허용하라.
그리고 놓아 보내라. **현존**으로 돌아오라.

· · ·

화는 언제나 상처에 반응하여 일어난다.
상처를 느끼도록 자기에게 허용하면
화를 내지 않아도 될 것이다.
상처나 슬픔을 느끼도록 자기에게 정말로 허용하면,
일어날 수 있는 최악의 일은 울음일 것이다.
눈물이 흐르도록 놓아두어라.
눈물을 환영하라.
오래지 않아 눈물은 웃음으로 바뀔 것이다.
아픔은 그 안에 숨겨진 기쁨을 드러낼 것이다.

화

화는 정중하지 않다.
화는 욕설을 퍼붓고 저주하고
악담을 퍼붓고 협박하기를 좋아한다.
화는 논리적이거나 합리적이지 않다.
화는 때리고 할퀸다. 화는 복수하고 싶어 한다.
화는 지은 죄보다 훨씬 가혹한 벌을 내리고 싶어 한다.
우리가 화를 억누르는 까닭은 화가 몹시 난폭하기 때문이다.
화에 완전한 표현을 허용하되, 화를 믿지만 말라.
화를 자기와 동일시하지 말라. 화를 남에게 떠넘기거나,
당신의 화를 남 탓으로 돌리며 비난하지 말라.
화는 당신 안에서 올라오고 있으며 당신만의 것이다.
화는 당신의 과거에서 나오고 있다. 화는 당신의
어린 시절에서 나오고 있다. 아니면, 전생들에서 나올 수도 있다.
화는 당신이 원하는 것을 가질 수 없다는,
또는 원하지 않는 것을 받아들여야 한다는 믿음의 표시이며,
당신은 그 때문에 화가 난다. 그 때문에 몹시 화가 난다.
그 믿음은 무의식 수준에서 당신의 마음에 프로그래밍 되었다.
그 믿음을 완전히 의식한 뒤에야
비로소 그 믿음에서 점차 해방될 수 있다.
그 믿음을 온전히 책임지고
그것에 대해 다른 사람들을 비난하기를 멈춘 뒤에야
비로소 자유롭고 힘찬 삶을 시작할 수 있다.

화 명상

화를 의식하고 책임지면서 화가 표현되도록 허용하는 것은
다른 어떤 명상만큼이나 중요하다.
내면에 억눌린 화가 많이 있다면, 일주일 동안 날마다
화 명상을 해 보라. 다음에는 필요할 때마다 하면 된다.
화 명상은 5분 이상 해야 하며, 당신의 말을 아무도
들을 수 없도록 당신의 방에서 혼자 하는 것이 가장 좋다.
화 명상은 내면에 억눌린 화가 완전히 표현되도록
허용하는 것이다. 당신은 오래전에 화를 억눌렀다.
이제는 그 화를 해방하고, 화가 당신을 거쳐 자기의 여행을
끝마치도록 허용할 때다. 하지만 누구에게도 상처를 주지 않는
방식으로 화를 표현하는 것이 대단히 중요하다.
기억하라, 화 명상을 하면서 욕설하고 악담을 퍼붓고
죽이는 것은 누구에게도 개인적으로 화를 표현하지 않을 때
허용되고 장려된다는 것을⋯.
억눌린 화는 다른 사람과는 아무 관계가 없다.
화 명상은 그저 자기 안에 억눌린 모든 화를 해방할 뿐이다.
당신이 무엇 때문에 화가 났건 그것은 과거이며
대개 어린 시절에서 유래한다.
그것은 지금 이 순간과는 아무 관계가 없다.
화 명상은 당신의 몸 안에서부터 에너지를 해방하는
하나의 방법일 뿐이다. 화 명상은 과거에 당신에게,
경미한 공격이라도, 상처를 준 모든 사람을 다룰 기회다.

화 명상…

그들에게 책임을 묻되, 화의 대상으로 그들을 선택한 이유를
분명히 하라. 그들이 무엇을 했는가? 당신에게 어떤 짓을 했는가?
이번에는 당신은 피해자가 아니다. 당신은 그저 자신에게
상처를 준 사람들에게 놀이하듯이 보복하고 있을 뿐이다.

이제 화 명상을 시작한다. 그저 화가 표현되도록 허용한다.
목소리를 높이고, 한번 시작하면 멈추지 않는다.
표현이 계속 이어지며 흐르게 한다.

눈을 감는다. 눈을 감은 채로 화 명상을 한다.
당신을 화나게 한 사람이나 화나게 한 것을 찾은 뒤
화가 흐르게 놓아둔다. 화에 엮인 이야기에는 관여하지 않고,
당신을 통해 화가 표현되는 동안 반드시 계속 현존해야 한다.
화를 표현하는 가장 좋은 방법은 화를 과장하는 것이다.
과장된 연기를 하라. 최대한 과장하라.
화가 터무니없는 방식으로 표현되게 하라.
어머니나 아버지에게 수류탄을 던져라.
직장 상사를 악어 떼가 우글거리는 연못에 던져 버려라.
창조적으로 보복하라. 당신에게 상처 준 사람을 벌할
재미있고 난폭하고 창조적인 방식을 찾아라.
화에 알맞은 음성을 골라라. 화에 잘 어울리는 표정을 지어라.
원한다면 주먹을 불끈 쥐어라.

화 명상…

화를 표현하기가 어려우면, 당신이 무대 위의 배우이며
감독이 당신에게 화를 연기하도록 요청한다고 상상해 본다.
오스카 상을 받을 만한 연기를 해 본다.
화가 당신을 통해 표현될 때, 화에는 이야기가 있다.
그 이야기에는 비난과 원망이 자주 섞여 있다.
이 명상에서 중요한 점은, 화가 온전히 표현되도록
충분히 현존하면서, 동시에 화를 지켜보되
화에 엮인 이야기에는 빠지지 않는 것이다.

화 명상이 잘 이루어지면, 억눌린 화가 놓여날 수 있다.
웃음이 나오기 시작하면 화 명상이 잘 이루어진 것이다.
그것은 카타르시스가 아니다. 당신은 화를 없애려고 하지 않는다.
당신은 화에게 존재하고 표현될 권리를 돌려주고 있다.
당신은 화가 당신을 거쳐 가는 여행을 끝마치도록 허용하고 있다.
화 명상은 화의 축제다. 잠시 후 당신은 웃기 시작하며,
그러면 화를 완전히 표현하고 있는 것이다.
화는 난폭하다. 그것을 너무 심각하게 받아들일 필요가 없다.
화를 표현하라. 화를 즐겨라. 화가 당신 안에서 놀이하듯이
폭발하도록 놓아두어라. 다 마쳤다고 느껴질 때까지
계속되게 하라. 스스로 책임지며 표현한 화는 당신을
자유롭게 할 것이다. 그러면 억눌린 화가 해방될 것이다.
당신은 힘을 되찾고, **현존**으로 깊어질 것이다.

화와 분노의 표현

화나 분노를 표현할 때는
스스로 책임지는 방식으로 표현해야 한다.
이런 감정들을 표현할 때
다른 사람은 아무도 끌어들이지 말라.
당신의 화나 분노에 관해 비난받아야 할 사람은 아무도 없다.
이런 감정을 책임질 사람은 당신뿐이다.
당신에게 화나 분노를 완전히 표현하도록 허용하면서도
전혀 영향받지 않을 사람이 함께 있는 경우가 아니라면,
혼자 있을 때 이런 감정을 표현하는 편이 낫다.
그 감정은 당신 안에서 올라오고 있다.
분노와 화를 표현하는 것은
당신과 신 사이의 일이며,
다른 누구의 일도 아니다.

•　　•　　•

스스로 책임지면서 표현된 화는 웃음과 해방으로 이어진다.
억눌린 화는 질병이나 폭력으로까지 이어진다.

당신은 무엇을 원하는가?

자신이 무엇을 원하는지 모른다면,
자신이 원하는 것을 얻지 못할 것이다.
아주 어린 시절에 우리 중 많은 사람은
자신이 무엇을 원하는지 알기를 포기했다.
원하는 것을 얻지 못할 것이라는 믿음이
발달했기 때문이다.
이런 식으로 우리는 힘을 잃어버렸다.

•　　•　　•

치유되지 않거나 해결되지 않은 과거는
당신을 순순히 놓아주려 하지 않는다.
억눌린 감정들이 떠올라 의식되도록 허용하고,
스스로 책임지는 방식으로 표현되게 하면,
그것들은 당신에게서 놓여날 것이다.

힘든 여행

나의 마음 세계에서 벗어나는 것은
내게 불가능에 가까웠다.
뒤얽힌 나의 과거에서 벗어나는 것은
힘들고 어려운 여행이었다.
하물며 내가 만약 당신의 마음 세계에 갇힌다면,
내게 무슨 희망이 있겠는가.
내가 어떻게 당신의 과거에서 풀려날 수 있겠는가?
당신의 기대, 당신의 두려움, 당신의 화,
당신의 아픔, 당신의 비난, 당신의 죄책감,
당신의 어린 시절 상처들과 채워지지 않은 필요들에서
내가 어떻게 풀려날 수 있겠는가?
이런 것들은 당신의 과거에 속한다.
나의 것이 아니다.
당신은 나를 그곳으로 데려갈 권리가 없다.
당신 스스로 그것들에서 풀려나라.
당신의 마음에서 빠져나오라.
나와 함께 현존하라. 당신과 함께 현존하도록
나를 상기시켜 달라. 과거에서 풀려나
우리 함께 지금 이 순간을 나누자.

이야기에 빠지지 말라

슬픔이나 화를 느끼고 있다면,
그 감정은 지금 이 순간 일어나고 있지만,
그 감정에 관한 일은 거의 늘 과거에서 오고 있다.
그 감정과 함께 현존하라.
그 감정을 인정하고 고백하라.
필요하면 그 감정에 표현을 허용하되,
그 감정에 엮인 이야기에는 빠지지 말라.

．　．　．

자기 자신의 모든 면을,
특히 당신이 숨기고 판단하거나 바꾸려고 한
자기의 그런 면들을 사랑하고 받아들이면,
당신은 깨어날 것이다.

미움

미움은 차다. 미움은 닫혀 있다.
미움은 용서하지 않는다. 미움은 굳어져 버린 화다.
당신의 미움을 다른 사람들에게 투사하지 말라.
거울을 들여다볼 때마다 당신의 얼굴이 반사되듯이,
그 미움은 당신에게 반사될 테니.
당신의 미움은 아직 치유되지 않은 오랜 상처에서
올라오고 있다. 그 미움은 채워지지 않은 필요들의
일생에서 올라오고 있다. 자기 안에서 미움이 올라올 때는
자신이 미움으로 가득 차도록 놓아두어라.
미움의 세계로 들어가라. 미움을 느껴라.
미움을 인정하라. 미움을 표현하라. 미움을 과장하라.
하지만 그 미움을 믿지는 말라.
당신 안에서 올라오고 있지만 미움은 진실이 아니다.
오직 사랑만이 진실이다.
미움을 인정하고 고백하면,
미움이 누그러지기 시작할 것이다.
비난을 놓아주고, 기대와 원망을 포기하라.
원하는 것을 요청하되, 결과에 집착하지는 말라.
자기의 채워지지 않은 필요들을 스스로 책임져라.
그러면 미움이 서서히 사라질 것이다.
당신의 삶에서 화와 원망이 사라질 것이다.
오직 사랑과 지금 이 순간만이 남을 것이다.

미움을 표현하기

당신은 미움을 표현하기를 두려워한다.
미움은 잘못된 것이라고 비난받았고 억눌려 묻혔지만,
당신을 떠나지 않을 것이다.
미움은 당신 안에서 자기의 삶을 살아갈 것이다.
보이지 않게 숨겨진 채로.
당신은 미움이 있는지도 모를 것이다.
그러면 누구를 미워하는지 모른다.
얼마나 미워하는지도 모른다.
가장 깊은 수준에서 당신은 신까지도 미워할 수 있다.

미움을 스스로 책임지는 방식으로,
놀이하듯이 표현하는 법을 배워야 할 것이다.
밖에 나가 산책해 보라. 미움의 에너지가 되어 보라.
미움을 과장하며 연기해 보라.
꽃들과 나무들에게
그들을 얼마나 미워하는지 말해 보라.
지나가는 낯선 사람들에게
그들을 얼마나 미워하는지, 왜 미워하는지 말하되,
당신의 말이 그들에게 들리지는 않게 하라.
미움의 산책을 하는 동안,
자신이 얼마나 우스꽝스러운지를 보고 웃게 될 것이며,
미움은 당신의 몸과 마음을 떠나기 시작할 것이다.

분노

나는 분노를 존중한다.

분노는 폭력적이거나 파괴적이지 않다.

분노에는 누군가를 해치려는 바람이나 의도가 없다.

분노는 단지 완전히 표현되도록 허용되기를 바랄 뿐이다.

분노를 내면에 억누르는 것은 현명하지 않다.

분노를 억누르면 폭력으로 변하기 때문이다.

분노는 행동으로 옮겨야 하는 것이 아니다.

분노는 스스로 책임지는 방식으로 표현되어야 한다.

분노는 선언되어야 한다.

분노는 경고다.

분노는 당신에게 간섭하지 말라는 온 세상에 대한 경고다.

분노가 당신을 통해 표현되도록 허용하라.

분노가 당신 안에서 자기를 즐기도록 허용하라.

분노는 당신의 친구다.

분노를 비난하지 말라.

분노는 개인적인 것이 아니다.

분노 명상

이 명상은 앉거나 서서, 또는 산책을 하면서도 할 수 있다.
매우 현존하면서, **현존**에서 일어나는 가장 순수한 형태의 힘을
체화한다. 마치 자신이 아무도 막을 수 없고
꺾을 수 없는 사람인 것처럼 느낀다.
그 뒤 다음 말들을 큰 소리를 말하되,
위대한 **현존**으로, 고요함, 사랑, 힘으로 말한다.
이 말을 조용히 말해도 되지만, 엄청난 확신으로 말해야 한다.
그것은 마치 당신이 온 세상과 그 너머에 선언하는 것과 같다.

이것이 당신의 선언이다.

"나는 여기에 있다. 나는 여기에 있을 권리가 있다.
나는 나 자신일 권리가 있다. 나는 내 감정을 느낄 권리가 있다.
나는 내가 원하는 것을 알고, 원하는 것을 요청할 권리가 있다.
나는 내가 원하지 않는 것에 '아니요.'라고 말할 권리가 있다.
나를 판단하지 말라. 나를 비난하지 말라. 내게 기대하지 말라.
나에 대한 당신의 믿음과 견해는 당신 혼자만 간직하라.
나는 당신을 기쁘게 하거나 당신 뜻대로 하기 위해
여기에 있는 게 아니다. 나는 자유로운 존재다.
어떤 식으로든 나를 제한하거나 나에게 간섭하지 말라.
내 경계들을 존중하라! 내 공간을 침범하지 말라.

분노 명상…

나는 폭력적이지 않다.
나는 어떤 식으로든 당신에게 해를 끼치고 싶지 않다.
하지만 나는 당신에게 경고한다!
나는 당신이 아니라 나다!
나는 여기에 있을 권리가 있다.
나를 제한하지 말라. 나에게 간섭하지 말라.
만약 당신이 그렇게 한다면, 나는 당신을 파괴할 것이다."

물론, 당신은 누구도 해치거나 파괴할 의도가 없다.
당신은 이런 말을 어떤 사람에 대해 하지 않을 것이다.
분노는 개인적인 것이 아니다.
분노는 개인적이지 않다.
분노는 그저 당신이 지금 여기에 있으며,
여기에 온전히 있고자 한다는 것을 온 우주에 선언하는 것이다.
분노 명상은 세월이 흐르면서 굳어진 속박에서
당신을 해방하기 위한 것이다.
분노 명상은 당신이 자유와 참된 힘을 되찾게 하기 위한 것이다.

내면 아이

아이는 누군가 자기를 위해
여기에 있어 주기를 간절히 원한다.
아이는 여전히 다른 사람들에게서
사랑과 받아들임을 추구한다.
아이는 여전히 두려워하고
자신이 부족하다고 느끼면서 살고 있다.
이런 것들은 당신이 아니라 아이에게 속한다.
하지만 만약 당신이 주로 마음속에서 살고 있다면,
당신은 이야기 속에서 살고 있다.
이야기는 지금 이 순간 밖의 모든 것이며,
당신의 어린 시절로, 심지어 전생들에까지 거슬러 올라간다.

하지만 그것이 정말 당신의 이야기인가?
아니면, 당신은 이 모든 세월 동안
아이의 이야기 속에서 살아왔는가?
당신은 어린아이의 모든 제한하는 믿음, 억눌린 감정,
채워지지 않은 필요와 함께 살아왔는가?

내면 아이…

사랑과 받아들임을 추구하는 것은 당신인가,
아니면 아이인가?
왜냐하면 만약 그게 아이라면,
그것은 당신의 삶을 필요 이상으로
훨씬 더 어렵고 복잡하게 만들 것이기 때문이다.
내면 아이를 치유하고 싶다면,
아이의 이야기에서 빠져나와야 할 것이다.
빠져나오는 유일한 길은 정말로 현존하는 것이다.
당신이 정말로 현존할 때는
과거나 미래가 없기에 이야기도 없다.

현존할 때는 내면 아이를 치유하기가 어렵지 않다.
그러면 아이는 당신 안으로 부드럽게 통합되고
편안히 이완하며,
아이가 늘 찾으려 했지만 발견하지 못한
사랑, 평화, 받아들임, 자비로 들어갈 것이다.
당신이 현존할 때, 아이는 그동안 찾고 있던 것을
당신 안에서 발견할 것이다.

내면 아이 명상

먼저 눈을 감는다.
이 순간 당신과 함께 여기에 있는 것과 현존한다.
당신의 숨 쉬는 몸. 순간순간 들리는 소리.
손에 느껴지는 감촉.
등에 맞닿은 의자나 바닥에 닿은 발의 느낌.

편안히 이완하며 지금 이 순간으로 들어갈 때,
당신은 평화, 사랑, 진실, 힘, 받아들임, 자비에 열릴 것이다.
당신에게는 판단이 전혀 없다.
현존할 때 당신은 그렇다.

이제 한때 당신이었던,
귀엽고 순수하고 사랑하고 신뢰하는 아이에게
이렇게 말해 보라.

"사랑하는 아이야, 정말 미안하구나. 나를 용서해 주렴.
나는 네 이야기 속에 빠져서 너와 함께 현존하지 못했어.
하지만 나는 지금 여기에 있어.
나는 미래에서 왔고, 너를 구하려고 돌아왔어.
너는 정말 아름다워. 너를 아주 많이 사랑해."

내면 아이 명상⋯

자신이 사랑과 받아들임의 드넓은 **현존**이라고 느껴 본다.
자신이 사랑과 받아들임의 에너지를 아이에게
보내고 있다고 느껴 본다. 그리고 아이가 그렇게 느끼면서
당신에게 응답한다고 느껴 본다.

"사랑하는 아이야, 내게 더 가까이 와도 돼.
네가 원하면 너를 안아 줄게."

이제 아이가 당신에게 다가와서 가까이 온다고
느껴 본다. 아이는 당신의 무릎 위에 앉거나
당신을 안고 싶어 할지도 모른다.

"나는 지금 여기에 있어.
나는 사랑이고, 너를 아주 많이 사랑해.
너는 무척 아름다워. 나는 너를 있는 그대로 받아들여.
너는 나와 함께 네 감정을 느낄 수 있어.
마음껏 웃어도 돼. 마음껏 울어도 돼. 마음껏 뛰놀아도 돼.
마음껏 장난쳐도 돼. 편안히 이완해도 되고,
너 자신으로 있어도 돼.
나는 너를 판단하거나 거부하지 않을 거야."

내면 아이 명상…

이제 아이가 원하는 대로 아이와 함께한다.
아마 아이는 당신의 무릎 위에 앉아 있고 싶어 할 것이다.
아마 아이는 장난치거나 뛰놀고 싶어 할 것이다.
현존 안에서 아이와 함께 있어 준다.
아이를 다정하게 대하며, 사랑하는 말을 계속 말해 준다.

때가 되었다고 느껴지면, 아이에게 이런 말을 해 준다.

"사랑하는 아이야, 나는 이제 현존해.
나는 너를 위해 여기에 있어. 나는 네가 찾던 사람이야.
그렇지만 나는 너에게 아주 정직하고 싶어.
나는 내가 늘 현존할 것이라고 약속할 수는 없어.
하지만 나는 더욱더 현존하는 법을 배우고 있어.
내가 배우는 동안 참고 기다려 주겠니?"

아마 아이는 그러겠다고 대답할 것이다.
아이와 함께 계속 현존하라.
때가 되면 아이가 편안히 이완하고,
가장 아름다운 방식으로 당신에게 통합된다고 느낄 것이다.
그러면 눈을 떠도 된다.
당신은 아이의 이야기 속에 빠지지 않으면서
계속 살아갈 수 있다.

자기 학대

많은 사람이 자기 자신을 학대한다.

그들은 자기를 비판하거나 판단한다. 자기에게 화를 낸다.

자기에게 터무니없이 높은 기대를 한다. 자기를 비난한다.

이 모든 것은 자기 학대의 형태들이다.

자기 학대를 멈추려는 노력은 소용이 없을 것이다.

학대를 멈추려 노력하는 자가 바로 학대하는 자이기 때문이다.

그것은 마치 자기를 둘로 나누려는 집과 같아서

효과가 없을 것이다. 더는 자기를 학대하고 싶지 않다는

진정한 결심을 하게 되면 그것은 효과가 있을 것이다.

그런 대사들이 올라올 때 당신은 더는 그 말을 믿지 않을 것이다.

자학을 멈추려 애쓰지 말라. 자학하는 말이 올라올 때는

아무 판단 없이 그저 알아차려라.

자신에게 이렇게 말할 수 있다.

"그런 말은 좀 가혹했어. 더는 그럴 필요가 없어.

나는 나를 사랑해. 나는 나에게 친절해.

나는 나 자신이나 다른 사람들을 판단하지 않아."

당신은 자학을 멈추려 하지 않는다. 자학이 올라올 때

그저 지켜보며 자학을 따르지 않기를 선택할 뿐이다.

당신은 자학의 말을 믿지 않기를 선택하고 있다.

자기 자신에게 다정하기를 선택하고 있다.

자기 자신에게 친절하기를 선택하고 있다.

자기 자신을 사랑하기를 선택하고 있다.

자기에게 다정하라

자기 자신에게 너무 가혹하지 말라.
자기 자신에게 너무 요구하지 말라.
다정하라.
사랑하라.
자기 자신에게 친절하라.
당신은 완벽할 필요가 없다.

•　　•　　•

어떤 식으로든 자기 자신을 깎아내리지 말라.
자기의 모든 모습으로 과감히 존재하라.

비난

어떤 사람이 당신을 비난할 때마다
그것은 당신을 작아지게 만들려는 시도임을 알라.
그는 당신을 더 작게 만들어서 더 쉽게 통제하려 하거나
자신이 좀더 괜찮은 사람이라고 느끼고 싶어서 그렇게 한다.
어떤 사람이 당신을 비난한다면, 그를 용서하라.
그는 자신이 무슨 짓을 하는지 모르기 때문이다!

•   •   •

판단은 당신을 작아지게 만들려는 시도 이상이다.
그것은 당신을 완전히 패배시키려는 시도다.
실상, 판단에 의해 완전히 패배하는 자는
오직 판단하는 자뿐이다.

긍정적인 경험들

모든 기억, 경험, 믿음이 부정적이고 해로운 것은 물론 아니다.
사랑하고 다정하고 잘 보살피는 부모를 만난 사람도 많다.
당신은 어린 시절에 부정적인 믿음들만큼 쉽사리
긍정적인 믿음들을 발달시킬 수 있다.
그것은 실제로 부모와의 관계에,
부모가 당신과 어떻게 함께했는지에 달려 있다.
부모가 당신을 긍정적인 에너지로 감싸 주었다면,
당신의 삶은 훨씬 쉽고 편안했을 것이다.
그렇지만 부모가 사랑하고 잘 보살펴 주었더라도
아마 당신에게 필요한 방식으로 현존하지는 않았을 것이다.
당신은 여전히 어떤 제한하는 믿음들을 발달시켰을 것이다.
깨어나는 존재로서 당신의 역할은
그런 제한하는 믿음들을 알아차리고
의식으로 데려와서, 그것들이 더는 무의식 수준에서
자신에게 악영향을 미치지 않게 하는 것이다.

꿈에서 깨어나기

꿈에서 깨어나는 것이 우리의 운명이라면,
행복한 꿈보다는 불행한 꿈에서 깨어나기가 훨씬 쉽다.
행복한 꿈에서 깨어나고 싶은 동기를 부여받는 사람은
몹시 드물다.

　·　　·　　·

원망, 비난, 죄책감이라는 감정은
당신이 자기의 삶이나 자기 자신을
스스로 책임지고 있지 않다는 표시다.
스스로 책임지는 것보다는
다른 사람을 비난하는 편이 훨씬 쉽다.

왜 사람들은 꿈속에 머무를까?

사람들은 두 가지 이유로 꿈속에 머무르기를 선택한다.
첫째는 꿈속의 문제를 해결할 때까지
꿈을 포기하려 하지 않기 때문이다.
예를 들어, 만약 꿈속에서 자신이 사랑받지 않는다고 느끼면,
사랑받을 때까지는 꿈을 놓으려 하지 않을 것이다.
하지만 얼마나 많은 사람이 당신을 사랑하는지는 중요하지 않다.
당신은 여전히 사랑받지 못한다고 느낀다.
왜냐하면 자신이 사랑받지 못한다는 믿음이
마음속에 프로그래밍 되었고
그 믿음이 무의식 수준에서 영향을 미치고 있기 때문이다.

만약 자신이 부족하다고 믿는다면,
자신이 부족하지 않음을 증명하기까지는
그 꿈을 포기하지 않을 것이다.
하지만 당신이 얼마나 성공했거나
잘하고 있는지는 중요하지 않다.
그 제한하는 믿음이 마음속에 프로그래밍 되었기 때문이다.
당신은 자신이 부족하지 않음을
다른 사람들에게 확신시키려고 계속 노력할 것이다.
그러면 그 고통스럽고 힘든 꿈속에 계속 갇혀 있게 될 것이다.

왜 사람들은 꿈속에 머무를까?…

만약 무의식 수준에서 어머니와 아버지에게
사랑받고 받아들여지기를 원한다면,
그 필요는 당신을 그 꿈속에 계속 가두어 놓을 것이다.
그 모든 제한하는 믿음, 억눌린 감정과 함께….
꿈속의 문제를 해결하려고 계속 애쓰기보다는
꿈에서 깨어나는 편이 훨씬 쉽다.

사람들이 꿈에서 빠져나오려 하지 않는
둘째 이유는 두려움이다.
우리는 모두 모르는 것을 두려워한다.
우리는 꿈이 아무리 비참하더라도
꿈에서 나와 모르는 것 속으로 들어가기보다는
차라리 꿈속에 남아 있으려 한다.
그 모르는 것이 아무리 아름다운 것으로 밝혀지더라도….
현존할 때 당신은 다음에 무엇이 올지 모른다.
당신은 그저 지금 여기에 있다.
그리고 자신이 누구인지도 모른다.
당신은 더이상 자기의 과거로 규정되지 않기 때문이다.
대다수 사람은 모르는 상태로 들어가기를 두려워한다.
깨어 있는 사람은 모르는 상태로 살며,
그런데도 언제나 앎을 이용할 수 있다.

사랑을 표현하기

현존 안에서 깨어 있는 사람은 사랑이다.
그래서 어머니, 아버지, 또는 다른 사람에게 사랑받을 필요가
사라진다. 사랑받을 필요가 사라지면
그것은 사랑을 표현할 필요로 대체되며,
당신은 이 세상에서 사랑의 표현으로 존재할 수 있다.
수없이 많은 방식으로 사랑을 표현하며….

• • •

마음의 세계는 아무 잘못이 없다.
나는 어떤 식으로든 마음의 세계에 맞서지 않는다.
나는 마음의 세계를 판단하지 않는다.
문제는, 단지 그 세계가 실재하지 않는다는 것이다.
그것은 환상의 세계다.
신의 세계는 지금 여기의 세계다.
마음의 세계는 여기에 없는 세계다.
신의 세계는 실재한다. 마음의 세계는 실재하지 않는다.

• • •

마음속에 있을 때 당신은 일종의 감옥에 있다.
에고는 검사이고 판사이며 교도소장이다.
당신의 죄수이며, 당신의 마음은 감옥이다.

거짓된 힘

우리는 내면 깊이 무력감을 느낀다.
이 무력감은 아주 어린 시절에서 유래하며,
또는 어느 먼 전생에서 유래할지도 모른다.
우리는 남들보다 강한 힘을 가져서 무력감을 피하고 싶어 한다.
이는 수많은 방식으로 나타난다. 만약 내가
당신보다 더 크고 힘이 세면, 나는 더 강하다고 느낄 것이다.
하지만 당신이 칼을 가지고 있으면, 갑자기 당신이 더 강하다.
내가 총을 가지고 있으면, 이제는 내가 더 강하다.
당신이 폭탄을 가지고 있으면, 이제는 당신이 더 강하다.
하지만 내가 핵무기를 가지고 있으면, 내가 가장 강하다.
이것은 거짓된 힘이다.

우리가 남들보다 강한 힘을 가지고 있음으로써
또는 남들이 우리보다 강한 힘을 갖도록 허용함으로써
힘을 느낀다면, 우리는 거짓된 힘에 연루된다.
만약 내가 당신을 판단하거나 비난하거나 나무란다면,
당신도 거짓된 힘에 연루된다.
피해자와 가해자가 둘 다 거짓된 힘에 연루된다.
학대하는 자와 학대받는 자가 똑같이 학대의 악순환에 갇힌다.

만약 거짓된 힘과 학대의 악순환에서 해방되고 싶다면,
자신이 거짓된 힘에 사로잡힌 모든 방식을
알아차리고 인정하고 고백해야 할 것이다.

참된 힘

마음의 수준에 있을 때, 우리는 다른 사람과 관련하여
힘이나 권력을 가진 자리에 있을 때 힘이 있다고 느낀다.
자기의 의지를 다른 사람에게 강제할 수 있을 때
힘이 있다고 느낀다.

그러나 참된 힘은
다른 사람이나 다른 것과의 관계 속에 있는 것이 아니다.
당신이 관계 속으로 힘을 가져가는 순간,
당신은 다른 사람에 대한 힘을 갖게 된다.
이제 누군가는 당신의 힘 때문에 피해를 본다.
당신은 마음에 힘을 가져갔다.
이원성에 힘을 가져갔다.
이원성에 힘을 가져갔으니 이제 당신은
이원적인 상태로 힘을 경험해야 할 것이다.
당신은 어느 때는 다른 사람들보다 힘이 셀 것이다.
다른 때는 다른 사람들보다 힘이 약할 것이다.
때로는 자기의 힘을 악용하여 남에게 피해를 줄 것이다.
다른 때는 다른 사람이 악용하는 힘에 피해를 입을 것이다.

참된 힘…

이런 일은 한 생애 동안 일어날 수 있고,
많은 생애에 걸쳐 일어날 수도 있다.
참된 힘은 자기 안에서 일어나며
다른 사람과는 아무 관계가 없음을 깨닫기까지
이런 일은 계속될 것이다.
참된 힘은 개인적인 것이 아니다.
그것은 하나의 것이다.
그것은 신의 차원이다.
그것은 소유될 수 없다.
그것은 개인의 것으로 이용되지 않아야 한다.
그것은 다른 사람이나 다른 존재를 지배하는
힘 있는 자리나 개인적 이득을 얻기 위해
사용되지 않아야 한다.

참된 힘은 지금 이 순간 당신에게 힘을 줄 것이다.
참된 힘은 당신을 충만하고 활기찬 삶으로 데려올 것이다.
참된 힘은 당신의 생명력이며, 당신이
멋지고 독특한 개인으로서 존재하고 표현하게 해 준다.
참된 힘은 당신을 신의 **현존**으로 가득 채울 것이다.

참된 힘으로 깨어나고 싶다면,
지금 이 순간으로 깨어나야 할 것이다.
현존으로 깨어나야 할 것이다.

• • •

자신이 원하는 것을 알고
자신이 원하지 않는 것을 알 때,
그리고 결과에 집착하지 않으면서
둘 다를 분명히 표현할 수 있을 때,
당신은 참된 힘의 상태에 있다.

화

화는 무력감의 표시다.
화의 저변에는
자신이 원하는 것을 얻을 수 없다는,
또는 원하지 않는 것을 참아야 한다는
믿음이 깔려 있다.
설령 당신이 화를 억누르고
자기 자신과 세상도 모르게 숨겨도,
그랬다는 사실에 대해서조차 화가 난다.

참된 힘으로 돌아가기

당신은 완전히 힘 있는 존재로 이 세상에 태어났다.
아주 작은 아기였지만,
자신이 무엇을 원하는지 순간순간 정확히 알았다.
자신이 언제 그것을 원하는지 정확히 알았고,
어떻게 요청하는지도 정확히 알았다.
조금만 울어도 엄마는 젖을 주어야 했다.
조금만 옹알거려도 엄마는 품에 안아 주어야 했다.
조금만 몸부림쳐도 엄마는 당신을 달래며 재워야 했다.
점점 자라면서 당신은 마치 세상에서 유일한 존재인 것처럼
대단한 권세로 이 힘을 사용했다.
당신은 원하는 것은 무엇이든 가질 권리가 있었다.
당신은 원하는 것은 무엇이든 할 권리가 있었다.
하지만 엄마와 아빠의 견해는 달랐다.
그들은 자기의 삶을 누릴 권리가 있다고 생각했다.
그래서 두 의지끼리 맞붙는 전투가 벌어졌다.
당신은 훌륭한 적수였다.
당신의 병기고에 있는 가장 훌륭한 무기 중 하나는
울며불며 떼를 쓰는 것이었다.

참된 힘으로 돌아가기…

당신은 부모들보다 훨씬 강력했지만, 그들은 더 컸다.
마침내 그들이 이겼다.
그들의 의지가 당신의 의지를 눌렀다.
당신은 패배를 받아들였다.
당신은 원하는 것은 무엇이든 가질 수 있고
원하는 것은 무엇이든 할 수 있다는
절대적 확실성을 포기했다.
그리고 점차 남들의 요구와 기대에 맞추어
살아야 한다고 믿게 되었다.
부모에게 반항하면, 죄책감을 느꼈을 것이다.
쫓겨났을 것이다. 배척당했을 것이다.
고립되었을 것이다.
당신은 점차 그들의 세계에서 사는 법을 배웠다.
그것은 마음의 세계였다.
기억된 과거와 상상된 미래의 세계였다.
생각과 견해의 세계. 관념과 믿음의 세계.
기대와 원망의 세계. 남 탓과 죄책감의 세계.
통제와 소유권의 세계. 상처와 화의 세계.

참된 힘으로 돌아가기…

그것은 환상의 세계로 들어가는 힘들고 괴로운 여행이었다.
이제는 지금 이 순간의 실제 세계로 돌아가야 할 때다.
이제는 자신이 진정 누구인지를 기억해야 할 때다.
현존할 때 당신은 사랑의 존재다.
힘 있는 사랑의 존재다.
원하는 것은 무엇이든 가질 수 있다.
원하는 것은 무엇이든 할 수 있다.
아기일 때도 지금처럼 힘이 있었지만
그때와 달리 이제 당신은 다른 사람들에게도
자기와 똑같은 권리가 있음을 깨닫게 되었다.
당신은 더는 다른 사람들에게 자기의 의지를 강요할 수 없고,
다른 사람들도 당신에게 그들의 의지를 강요할 수 없다.
그리고 당신은 자신이 원하는 것은
언제나 변하고 있다는 사실도 알기에
더는 결과에 집착하지 않는다.
이렇게 단순한 결론에 도달하기까지
길고도 힘든 여행이었다.

책임

정말로 힘 있는 사람은
다른 사람에게 간섭하지 않을 것이다.
정말로 힘 있는 사람은
다른 사람을 통제하려 하지 않을 것이다.
정말로 힘 있는 사람은
다른 사람에 대한 책임을 떠맡으려 하지 않을 것이다.

참된 책임

참된 책임은
자기의 모든 선택과 모든 결정, 모든 행위에는
필연적인 결과가 따른다는 인식 안에 존재한다.
당신이 바로 지금 삶에서 무엇을 경험하든
그것은 과거에 한 이전의 어떤 선택이나 결정에 직접 기인한다.
점들을 연결하는 법을 배우면 자유로워질 것이다.
이는 과거의 선택이나 결정을
현재 경험하는 결과들과 연결해 본다는 뜻이다.
자기의 선택과 결정을 책임지고,
긍정적이든 부정적이든
지금 자기의 삶에 일어나는 모든 일을
자신이 스스로 만들어 내고 있음을 알라.
이를 정말로 이해하고 받아들이면,
참된 책임으로 들어갈 것이다.
당신의 삶에서 남 탓, 죄책감, 통제,
기대와 원망을 끝내게 될 것이다.

깨어나 영구히 **현존** 안에 자리 잡고 싶다면,
자기 안에 억눌린 모든 감정을 알아차리고
책임지면서 표현해야 할 것이다.

. . .

우리는 신의 이미지로 창조되었기에
자유 의지가 주어졌다.
이는 우리에게 선택할 자유가 있다는 뜻이다.
자유 의지의 핵심에는
대다수 우리가 알아차리지 못하는
근본적인 선택이 있다.
우리는 어떤 세계에서 살기를 선택하는가?
신이 **창조자**이며 삶의 진실인, 지금 이 순간의 세계인가?
아니면, 당신이 창조자이며 환상의 세계인,
당신 마음의 세계인가?
앞의 선택은 필연적으로 땅 위의 **천국**으로 이어진다.
뒤의 선택은 결국 땅 위의 지옥 같은 곳으로 이어진다.

편안하게 흐른다

깨어난 사람은 **현존**에 깊이 자리 잡고 있다.
시간의 세계에서 활동할 때도 그렇다.
깨어 있는 사람은 시간의 과거와 미래 세계,
그리고 지금의 시간 없는 세계 사이에서
편안하게 흐를 수 있다.

•　　•　　•

현존에 자리 잡으면 더는 생각하지 않는 것이 아니다.
더 명료하게 생각한다.
의식하면서 의도적으로 생각한다.
생각할 때는 생각을 알아차리고,
생각을 마칠 때는 즉시 자연스럽게 **현존**으로 돌아온다.

•　　•　　•

당신은 지금 여기에 있는 것과 함께 현존함으로써
그것을 존중한다.
지금 여기에 현존하는 것을 더욱 존중하고
지금 여기에 현존하는 그것에 더욱 감사할수록
현존으로 더 깊어질 것이다.

완전히 현존할 때

마음속에 있을 때 당신은 과거나 미래 속 어딘가에 있다.
당신은 현존하지 않는다.
마음에서 빠져나오는 유일한 길은
지금 이 순간 당신과 함께 여기에 있는 것과 현존하는 것이다.
지금 이 순간 볼 수 있고, 들을 수 있고, 느낄 수 있고,
맛볼 수 있고, 만질 수 있고, 냄새 맡을 수 있다면,
그것과 함께 현존할 수 있다.

지금 이 순간 당신과 함께 여기에 있는 것과
완전히 현존하는 순간,
당신은 마음에서 빠져나올 것이다.
과거와 미래에서 빠져나올 것이다.
생각은 멈출 것이다.
생각은 언제나 과거나 미래에 관한 것이기 때문이다.
이제 당신은 현존한다.
당신은 지금 이 순간을 통해 드러나는 삶의 진실 안에 있다.
당신은 사랑과 받아들임으로 열릴 것이다.
당신은 더는 마음의 환상적인 세계에 빠져 길을 잃지 않는다.

정원 산책

정원으로 나가서
편안히 앉을 만한 자리를 찾아라.
눈을 감고, 숨 쉬는 몸 안에서 깊이 현존하라.
순간순간 들리는 소리와 함께 현존하라.
햇볕의 따스함과 산들바람의 시원함을 느껴 보라.
오 분 정도 시간을 들여 깊이 현존한 뒤
눈을 뜨고서 천천히 정원을 걸어라.
보이는 모든 것과 함께 깊이 현존하라.
꽃과 함께 현존하라.
다음에는 나무와.
다음에는 다른 꽃과.
한 번에 하나와 현존하되
온 정원이 당신과 함께 현존하는 것을 느껴 보라.
보이는 꽃들과 나무들에게 말해 보라.
"나는 지금 여기에 있고, 너를 본단다.
나는 너와 함께 현존하고 있어."

정원 산책…

나무들과 꽃들이 이 말을 들을 수 있도록 여러 번 되풀이하라.
나뭇잎에게 말해 보라.
또는 나뭇가지에게.
정원을 산책할 때 주의를 기울여라.
모든 것을 자세히 보라. 그러나 생각은 없이.
원한다면 나무들과 꽃들에게
그들이 얼마나 아름다운지 말해 주어라.
그들을 얼마나 사랑하고 고마워하는지 말해 주어라.
또는 침묵하라.
중요한 것은 진심과 정직함이다.
당신이 그들과 함께 현존한다는 것을
그들이 참으로 느끼게 하라.
당신은 그들과 **현존**이라는 선물을 나누고 있다.
그들은 당신과 **현존**이라는 선물을 나누고 있다.
그것이 신성한 경험이게 하라.
정원에 있는 동안 참으로 현존한다면,
정원의 꽃들과 나무들, 다른 모든 것 안에 있는
신의 살아 있는 **현존**을 만나기 시작할 것이다.
그러면 땅 위의 **천국**처럼 느껴지기 시작할 수도 있다.

식사하기

눈을 감고,
숨 쉬는 몸 안에서 깊이 현존하라.
순간순간 들리는 소리와 함께 깊이 현존하라.
자기 앞 식탁 위에 놓인 음식의 냄새를 음미하라.
이 순간의 충만함을 느껴 보라.
지금 이 순간이 당신에게 베푸는 모든 것에 감사하라.
이제 눈을 뜨고서
자기 앞 식탁 위에 놓인 접시들, 컵들,
숟가락, 젓가락과 다른 것들을 보라.
음식을 보라. 음식의 냄새를 음미하라.
당신과 함께 식사하기 위해 식탁 앞에 앉아 있는
다른 존재들의 **현존**을 알아차려라.
아주 천천히, 다정하게 서로에게 음식이나 물을 건네라.
거기에 시간 없는 영원의 느낌이 있게 하라.
불가사의의 느낌.

식사하기…

이제 깊이 감사하며 첫술을 들기 시작하라.
숟가락을 천천히 밥그릇으로 옮긴 뒤
천천히 입으로 가져가라.
음식을 맛보라.
이제껏 어떤 음식도 맛본 적이 없는 것처럼.
그것이 평생의 첫 숟갈이게 하라.
각각의 맛을 음미하라.
의식하면서 천천히 씹어라.
씹는 동안 완전히 현존하라.
완전히 현존하면서 움직여라.
완전히 현존하면서 맛을 보고 냄새를 맡아라.
들리는 소리, 보이는 모습과 함께 완전히 현존하라.
한 끼 식사를 하는
이처럼 평범한 경험의 성스러움에 무척 놀랄 것이다.
당신의 삶이 이제껏 이런 성스러운 일들에 앞서
얼마나 무의식적이었는지를 깨닫게 될 것이다.

중요한 차이

깨어나고 싶다면,
현존할 때와 마음속에 있을 때의 차이를
알아차려야 할 것이다.
단순한 시험이 있다.
당신이 현존할 때는 마음이 침묵한다.
당신은 지금 여기에 있는 것과 함께 현존하며,
다른 어디에 있지 않다.
다른 어디에 있을 수 있는 유일한 길은
지금 이 순간에서 빠져나오는 길을 생각하는 것이다.
그러면 당신은 어디로 갈까?
당신은 마음의 과거와 미래 세계로 들어갈 것이고,
만약 자기의 생각을 진실하다고 믿으면,
거기에 갇힐 것이다.

자기를 현존으로 데려오기

마음과 마음의 끝없이 재잘거리는 생각에서
빠져나오는 유일한 길은
이 순간 자기와 함께 실제로 여기에 있는 것과
현존하도록 자기를 데려오는 것이다.

．　．　．

마음의 과거와 미래 세계에서
지금의 깨어난 세계로 이동할 때
자기 자신을 완전히 새로운 방식으로
경험하기 시작할 것이다.
과거의 아픔과 제한들이 없고,
미래에 대한 걱정이 없는 방식으로….
그리고 순간순간 늘 현존하는 풍요로움을
경험하기 시작할 것이다.

고요한 마음

마음이 침묵할 때 내면의 문이 열려
당신 존재의 중심에서
이 무한하고 영원한 침묵이 드러난다.
이 무한하고 영원한 침묵은
당신 존재의 본질이다.
당신의 참된 본성이다.
모든 존재의 본질이다.
그것은 순수 의식의
영원하고 침묵하는 **현존**이다.
그것은 당신의 I AM이다.
그것은 이 순간에,
오직 이 순간에만 존재하는 당신의 차원이다.
그것은 있는 모든 것과 **하나임**으로 존재하는
당신의 차원이다.

비범함을 드러내기

때때로 지금 이 순간은 평범해 보인다.
하지만 적어도 당신은 현존하고 있으며,
마음의 과거와 미래 세계에 빠져 길을 잃지 않았다.
만약 당신이 지금 이 순간을 평범한 것으로 받아들이면,
조만간 그것은 평범함 속에 감추어진 비범함을 드러낼 것이다.

• • •

현존의 가장 깊은 수준에서, 당신은
현존하는 모든 것에서 신의 살아 있는 **현존**을 만날 것이다.
현존의 가장 깊은 수준에서, 땅 위의 **천국**이 드러난다.

• • •

현존의 가장 깊은 수준들에서, 당신은 시간을 초월했고
자신을 분리된 개인으로 느끼는 모든 자아감을 초월했다.
과거나 미래는 없다.
당신의 마음은 침묵한다.
당신은 지금 여기에 있는 것과 함께 완전히 현존한다.
당신은 지금의 순간에 완전히 몰입된다.
당신은 **영원한 있음**으로 몰입된다.

당신은 영원한 있음이다

본질적인 자기의 가장 깊은 수준에서,
당신은 영원한 있음으로 존재한다.
당신은 있는 모든 것과 하나임으로 존재한다.
당신은 순수 의식의
무한하며 영원한 침묵하는 **현존**이다.

• • •

신은 지금 이 순간에만 존재한다.
신은 드러난 지금 이 순간이다.
신을 경험하고 싶다면,
신이 있는 곳으로 나와야 할 것이다.
지금 이 순간으로 들어가야 할 것이다.

• • •

침묵하는 **현존**의 상태로 있는 것은
참된 기도의 상태로 있는 것이다.

사랑과 진실

당신은 사랑을 붙잡을 수 없다.
당신은 진실을 붙잡을 수 없다.
사랑과 진실은 지금 이 순간에 속한다.
이 순간에 일어나는 사랑과 진실을 놓아라.
그러면 다음 순간, 신의 깊은 두 친구처럼
당신을 기다리는 사랑과 진실을 발견할 것이다.

∙ ∙ ∙

사랑과 진실을 놓아주는 한,
그것들은 당신을 떠나지 않을 것이다.

∙ ∙ ∙

당신이 신께 드려야 하는 유일한 선물은
현존이라는 선물이다.
아낌없이 드려라!

사랑

사랑은 당신 존재의 향기다.
완전히 현존할 때
당신은 사랑으로 풍부하다.
사랑으로 흘러넘친다.
당신이 누구를, 무엇을 사랑하는지는 중요하지 않다.

•   •   •

"네 이웃을 너 자신처럼 사랑하라."*
왜냐하면 당신의 이웃은 당신 자신이기 때문이다.
당신의 이웃에는 모든 살아 있는 인간이 포함된다.
그들의 종교, 인종, 국적이 무엇이든 상관없이….
당신의 이웃에는 모든 산, 꽃, 나무,
모든 새, 동물, 바다 생물이 포함된다.
오직 하나만 있으며,
모든 것은 그 하나의 표현이다.

---

* 레위기 19장 18절 등 성서에 나오는 구절.— 옮긴이

보름달

현존에서 일어나는 사랑은
구름 없는 깜깜한 밤의 보름달과 같다.
그 사랑은 차별 없이 모든 것 위에 빛을 뿌린다.
그 사랑은 부드럽고 다정하다.
그 사랑은 빛으로 당신을 감싼다.

∙   ∙   ∙

삶은 교실이다.
신은 선생이다.
현존으로 깨어나는 것이 수업이다.
이제까지 우리 중 대다수는 이 수업을 배우지 못했다.

순수 의식

깨어난 **현존**의 가장 깊은 수준에서
당신은 모습과 내용 너머의 순수 의식이다.
깨어난 **현존**의 가장 깊은 수준에서
하나임이 회복되고 땅 위의 천국이 드러난다.

●　　●　　●

깨어난 **현존**의 가장 깊은 수준에서는
지금 이 순간 바깥의 자아감이 없다.

●　　●　　●

깨어 있거나 깨달은 사람은 주로 지금 이 순간에서 산다.
지금 이 순간은 언제나 삶의 진실로 인식된다.
마음으로 들어가 시간의 세계에서 활동할 때도.

호숫가에서

어느 날 나는 호숫가에 앉아 있었는데
가까이에서 오리 몇 마리가 헤엄치고 있었다.
오리들을 향한 사랑이 내 안에서 가득 차올랐다.
나는 오리들을 내 자녀들이라 부르고 있었다.
아름답고 완벽하고 신성한 내 자녀들.
부모의 느낌은 거기에서 끝나지 않는다.
나는 자주 우리 집 개를 내 자녀라고 생각한다.
이웃집 작은 목장에 있는 말은 내 또 다른 자녀다.
신의 모든 창조물이 나의 자녀다.

•   •   •

아이에게 정말로 필요한 것은
참으로 현존하는 어머니와 아버지다.
만약 부모들이 현존하는 법을 배울 수 있다면,
우리의 세계는 한 세대 안에 근본적으로 변할 것이다.

참 어머니와 참 아버지

충분히 많은 사람이 깨어날 때,
참 어머니와 참 아버지가 이 땅 위에 나타날 것이다.
참 어머니는 현존에 깊이 자리 잡고 있다.
그녀는 임신하는 순간 남편과 함께 현존한다.
그녀는 자궁 안에 있는 태아와 함께 현존한다.
그녀는 아이가 아주 어릴 때 함께 현존한다. 그 어린 시절은
아이의 신체적, 정서적, 정신적 건강에 매우 중요한 시기다.
그녀는 사랑하고 보살피며 자비롭다.
그녀는 어린 시절에 생긴 자기의 모든 문제를 해결했다.
그녀는 억눌린 감정을 모두 놓아주었다.
그녀는 자기의 이야기에 빠져 길을 잃지 않았다.
그녀는 자기의 과거를 치유했다.
그녀는 아이를 위해 온전히 있어 주고 온전히 주의를 기울인다.
그녀는 아이에게 힘을 주는 방식으로 아이와 함께하는 법을 안다.
그녀가 자기 자신에게 힘을 주었기 때문이다.
참 아버지도 마찬가지다.
그렇지만 대다수 우리를 양육한 부모는 현존하지 않았고,
우리의 필요를 채워 줄 수 없었다. 그것은 그들의 잘못이
아니다. 비난받아 마땅한 부모는 아무도 없다.
그들을 양육한 부모도 현존하지 않았는데, 그들이 어떻게
자녀를 위해 현존할 수 있었겠는가? 참 어머니와 참 아버지가
도착하면 우리의 세계가 근본적으로 변할 것이다.

돌보는 사람들

당신은 자녀를 돌보는 사람이므로
자녀를 잘 돌볼 책임이 있다.
자녀에게 음식과 집을 제공할 책임이 있다.
자녀를 보호하고 안전하게 지킬 책임이 있다.
자녀들을 물질세계로 잘 맞아들일 책임이 있다.
하지만 무엇보다도 자녀와 함께 현존할 책임이 있다.
만약 당신이 자녀와 함께 참으로 현존한다면,
그들의 모든 필요가 채워질 것이다.
단순히 그들과 함께 현존하는 것만으로도
그들은 조건 없는 사랑과 받아들임을 경험할 것이다.
그 아이들은 안전하며 반갑게 맞이하는 세상을 경험할 것이다.
판단과 죄책감, 비난이 없는 삶을,
수많은 사람에게 심한 악영향을 미치는
제한하는 믿음들이 없는 삶을 경험할 것이다.

식당에서 본 아기

나는 뉴욕에 있는 식당에 혼자 앉아 있었다.
얼마 뒤 한 부부가 들어오더니 옆 식탁에 앉았다.
그 부부에게는 어린 아기가 있었는데
이제 첫돌이 되었음 직한 아주 예쁜 아기였다.
나는 아기를 사랑하고 돌보는 어머니, 아버지의 정성과
아기의 강한 현존에 깊은 감명을 받았다.
이따금 아기의 눈이 나의 눈과 마주쳤고, 그럴 때마다
우리는 현존 안에서 잠시 함께 머물곤 했다.
탁자에는 레몬 조각이 몇 개 있었는데
아마 부모가 마실 차에 쓰려는 것 같았다. 아기는
레몬 조각 하나를 집어 손에 쥐고서 열심히 빨고 있었다.
아기가 레몬 조각을 빨 때의 모습을 상상해 보라.
아기는 그런 온갖 표정을 짓고 있었지만
그러면서도 레몬 빠는 것을 즐기는 것 같았다.
부모들은 레몬이 너무 시지 않을까 염려했다. 그래서
아기가 레몬을 내놓도록 아이스크림을 주며 살살 구슬렸다.
"아주 좋은 제안이군." 나는 속으로 생각했다.
하지만 아기는 레몬을 더 좋아했다.
부모는 자신들의 의지가 어린 아기의 의지를 꺾을 때까지
계속 아기를 구슬렸다. 결국 레몬은 치워졌고,
대신 아이스크림이 주어졌다.

식당에서 본 아기…

나는 그 광경에 매료되어 눈을 뗄 수 없었다.
어린 아기의 힘과 의지가 믿어지지 않았다.
아기는 자신이 원하는 것을 분명히 밝혔다.
아기의 관심을 끈 것은 아이스크림이 아니라 레몬이었다.
나는 끼어들고 싶었다.
"아기가 원하는 것을 갖게 해 주시죠."
그렇게 말하고 싶었다. "아기가 분명하게 전달하고 있는
의사를 보지 못합니까. 아기의 의사를 무시할 건가요.
아기가 원하는 것을 주지 않을 건가요.
이렇게 간단한 문제에서도 꼭 당신들의 의지가
아기의 의지를 이겨야 합니까."
하지만 아무 말도 하지 않았다. 끼어들고 싶지 않았다.
내 안에서 깊은 슬픔이 올라왔다.
이렇게 단순한 광경을 통해 나는
어린 시절 내게 무슨 일이 일어났는지를 알아차렸다.
아기가 필요로 하고 원하는 것을 표현할 때,
이렇게 사랑하고 자상하게 보살피는 부모들마저
무감각하다면, 다른 부모들은 과연 어떠할 것인가?
내 부모는 어떠한가? 당신의 부모는 어떠한가?
얼마나 많은 내 의지와 힘이 그렇게 간단하게
내게서 제거되었던가.
단지 내 부모들이 잘 몰랐다는 이유만으로.

식당에서 본 아기…

아무도 그들에게 아기와 함께 완전히 현존하는 법을
알려 주지 않았다. 아무도 그들에게 아기가
필요로 하고 원하는 것을 표현할 때
민감하게 알아차리는 법을 알려 주지 않았다.
자신들의 의지를 아기에게 지나치게 강요하여
어린 아기의 의지와 힘을 파괴하는 것이
얼마나 쉬운 일인지를,
아무도 그들에게 말해 주지 않았다.
이 사랑하는 가족은 식당을 나가려고 일어섰다.
나는 더는 가만히 있을 수 없었다.
나는 그들에게 다가가서 아기가 참 예쁘다고 말한 뒤
다음 책에 이 아기에 관해 쓰고 싶다고 말했다.
그들은 기뻐했다.
"아기의 이름이 뭔가요?"
"소피아예요." 엄마가 자랑스럽게 대답했다.
"무슨 뜻이죠?" 내가 물었다.
"지혜라는 뜻이에요." 엄마가 미소를 지으며 말했다.
"완벽하군요!" 나는 아기가 이 메시지를
의도적으로 내게 전달했다는,
형언할 수 없이 기묘한 느낌을 받으며 말했다.

진실이냐 믿음이냐

당신이 진실에서 멀어질수록
당신의 믿음은 더욱 굳어진다.
당신의 믿음이 더욱 굳어질수록
당신은 진실에서 더욱 멀어진다.

· · ·

주인이 너무 오래 잠들어 있어서
하인이 집을 차지해 버렸다.

구루에게 투사하기

구루 즉 영적 스승과 관계할 때는 매우 조심해야 한다.
구루는 당신이 영사기처럼 투사한다는 것을 안다.
구루가 자기를 그럴듯하게 포장하고
당신이 자기에게 더욱 투사할 수 있도록
신비로운 이미지와 분위기를 지어내는 것은
그리 어려운 일이 아니다.
그는 자기를 당신의 투사에 적합한
스크린으로 만들 것이다.
사랑과 진실의 근원은
우리 각자 안에 존재한다.
구루는 사랑과 진실의 근원을
구루 자신에게 투사하도록 장려할 수 있다.
당신의 투사들을 조작하는 것은 어려운 일이 아니다.
자기의 부정적인 면들을 계속 부인하면서
다른 사람들에게 투사하는 한, 당신은
자기의 긍정적인 면들을 구루에게 투사하도록
아주 쉽게 조작될 수 있다.

구루에게 투사하기…

어떤 면에서 구루는
당신의 긍정적인 투사들을 받아 힘을 얻는다.
당신을 **현존**으로 인도하고
마음에서 해방되는 길을 보여 줄 구루를
찾는 것은 아무 문제가 없다.
그러나 주의하라.
방심하지 말고 경계하라.
구루가 자기를 신으로 들어가는 입구로
만들려 하지 않는다는 것을 분명히 확인하라.
당신의 모든 투사를 인정하라.
부정적인 투사들과 긍정적인 투사들을 모두 인정하라.
그것들은 당신의 투사다.
그것들을 거두어들여라.
당신의 모든 모습으로 과감히 존재하라.

나는 당신의 투사를 원하지 않는다

나는 당신의 투사를 원하지 않는다.
당신이 나를 보려면,
모든 투사를 거두고
완전히 현존해야 할 것이다.
그때에야 비로소 당신은 내가 누구인지 알 것이다.
그리고 나를 알게 되는 그 순간,
당신은 자기 자신을 알게 될 것이다.
사실, 우리는 하나*이기 때문이다.
나는 하나다.
당신은 하나다.
우리는 하나다.

---

* the One.

스승

만약 스승*이라는 것이
내 마음과 에고의 주인을 뜻한다면,
그 말의 참된 의미에서 나는 스승이다.
하지만 나는 당신의 스승이 아니다.
만약 내 **현존** 안에서 나의 안내를 받아
당신이 내면의 주인이 된다면,
우리의 만남은 가치가 있다.

---

* Master. 스승, 주인, 대가, 달인이라는 뜻이 있다. — 옮긴이

침묵 속에서 만남

침묵 밖에서는
우리가 진정으로 만날 수 없다.
지금 이 순간 밖에서는
우리가 진정으로 만날 수 없다.
다른 존재와 교감하려면
현존, 침묵, 하나임으로 들어와야 한다.

· · ·

진실의 궁극적인 표현은 침묵 속에서 일어난다.
침묵과 **현존**의 가장 깊은 수준에서는 분리가 없다.
학생과 선생 사이의 구별이 없다.
스승과 제자 사이의 구별이 없다.
오직 침묵과 **하나임**만 있을 뿐이다.
그리고 지금의 이 순간이.

참 스승

참 스승은 내면에서 일어난다.
참 스승은 이 순간의, 오직 이 순간만의 당신의 그 차원이다.

· · ·

내가 하는 말보다 훨씬 더 중요한 것은
내가 말하는 동안 현존하는 당신이다.

· · ·

현존하는 것은 시간에서 빠져나오는 것이다.
시간에서 빠져나오는 것은
마음에서 빠져나오는 것이다.
현존하는 것은 환상과 분리에서 빠져나오는 것이다.

· · ·

여행은 없다.
목적지도 없다.
당신이 찾는 것은 이미 여기에 있다.

두려워할 것이 없다

지금 이 순간에는
두려워할 것이 아무것도 없다.
당신을 보호하기 위해 막아야 할 대상이 없다.
이해해야 할 것이 없다.
통제해야 할 것이 없다.
보호하고 이해하며
통제해야 할 필요성과
두려움은
오직 과거와 미래라는
마음의 세계에만 있을 뿐이다.

• • •

현존 안에서, 매 순간은 온전히 경험되고 놓여난다.
경험이 쌓이지 않으니 과거도 내면에 쌓이지 않으며,
그래서 당신은 지금 이 순간에 머무를 수 있다.

모르는 상태

답을 찾으러 마음속으로 들어가기보다는
모르는 상태로 머무르는 편이 낫다.

•　　•　　•

신이 당신에게 줄 수 있는 것은
지금 이 순간 현존하는 것뿐이다.
에고는 훨씬 많은 것을 줄 수 있다.

•　　•　　•

감사하는 마음은 헤아릴 수 없는 축복이다.
그것은 은총의 상태다.
신은 진심으로 감사하는 사람들에게 응답한다.

I AM

I AM love. 나는 사랑이다.
I AM truth. 나는 진실이다.
I AM beauty. 나는 아름다움이다.
I AM intelligence. 나는 지성이다.
I AM power. 나는 힘이다.

오직 하나의 I AM만 있으며,
우리는 모두 하나인 I AM의
놀랍도록 독특하고 개별적인 표현이다.

불가사의

삶은 심오하게 불가사의하다.
편안히 이완하라. 놓아 버려라.
그 불가사의에 내맡겨라.

. . .

혼란이 일어나는 까닭은 이해하려 애쓰기 때문이다.
이해해야 한다는 생각을 버리면 혼란이 사라진다.
그리고 침묵의 한가운데에서
오로지 명백함만이 남아 있다.

이름 게임

우리 인간들은 마주치는 모든 것에게
이름을 붙이는 유일한 종(種)이다.
그런데 아이러니하게도 정작 우리 자신에게
잘못된 이름을 붙였다.
우리는 인간 존재*들이 아니다.
우리는 인간일 뿐이다.
지금 이 순간으로 완전히 깨어날 때
우리는 비로소 '존재'라는 이름으로 진보한다.
이 행성에 있는 다른 모든 종은
그들의 존재로 완전히 진보했다.
고릴라 존재.
당나귀 존재.
나무 존재.
모기 존재.
꽃 존재.
우리는 참된 존재인 그들에게
불명예스러운 이름을 붙였다.

---

*　　human Beings.

이름 게임…

우리는 그들에게 이름을 붙이면서
'존재'라는 이름을 빠뜨렸으며
우리 자신을 위해서는 그 이름을 오용했다.
우리는 우리 자신에게 이름을 붙일 때
그 이름을 사용할 권리가 없다.
그 이름은 분명 우리의 잠재력을 나타낸다.
그 이름은 우리의 미래를 가리킨다.
그렇게 되는 것은 우리의 운명이다.
하지만 우리는 아직 거기에 이르지 않았다.
우리만이 아직 완전히 진보하지 않았다.
우리는 맨 마지막에 도착할 종이다.
이 점을 더 빨리 깨달을수록,
우리가 우월하다는 오만한 환상으로
우리보다 먼저 도착한 존재들을 파괴하는 짓을
더 빨리 그만둘 것이다.
우리는 무지로 인해 우리보다 더욱 진보한
존재들에게 엄청난 해를 끼치고 있다.

깨어난 시각

지금 이 순간으로 깨어나면
깨어나기 전에는 쓸 수 없었던 시각이 주어진다.
자기 자신을 조감*할 수 있게 되는 것이다.
마음의 수준에 있는 자기 자신을 지켜볼 수 있게 된다.
여기에는 당신의 모든 생각, 감정, 태도, 견해, 믿음이 포함된다.
그리고 무의식적으로 당신을 규정하고 제한하는
과거의 모든 경험도 포함된다.

• • •

깨어남은 챔피언들을 위한 여행이다.
깨어남이 늘 안락한 것은 아니다.
깨어남은 무의식 속에 묻혀 있던 당신의 모든 면을
드러내어 의식하는 과정이 포함된다.
예수가 말했듯이, "감추어진 것은 모두 드러나야 할 것이다."

---

* 새가 높은 곳에서 한눈에 내려다보듯이 봄.— 옮긴이

지금 깨어나기

깨어남은 즉각적이다.
깨어남은 지금 아니면 없다.
언제나 지금 아니면 없다.
지금은 늘 당신에게 자기를 제공한다.
지금은 결코 당신을 포기하지 않는다.
새로운 순간순간은 현존할 또 다른 기회를 준다.
순간순간 구원은 언제나 곁에 있다.

·　·　·

현존 안에 있을 때는 고의로 다른 존재에게 해를 끼칠 수 없다.
당신은 사랑이며, 그래서 언제나 사랑으로 행동한다.
당신은 자비로우며 정직하고 진실하게 행동한다.

·　·　·

세상에서 사랑으로 행하고 싶다면,
사랑하는 마음으로 설거지를 하라.

용서

용서는 과거를 놓아 보내는 좋은 방법이다.
과거가 놓여나면, 용서할 게 없음을 알게 될 것이다.

· · ·

용서하는 것은 과거를 놓아 보내는 것이다.
과거를 놓아 보내는 것은 용서하는 것이다.

· · ·

이 행성에서 경험하는 모든 고통의 뿌리에는
인간의 무의식이 있다.
그것이 유일한 죄다.
인류는 깨어 있는 꿈을 꾸면서 잠들어 있다.
현존하라. 그러면 꿈에서 깨어날 것이다.

· · ·

인류는 무의식 속에 빠져 있다.
충분히 많은 사람이 꿈에서 깨어나면,
집단적인 수준에서 의식이 변화될 것이다.

꽃병

지금 앞에 있는 것을 바라보라.
그것은 꽃병이거나 수수한 찻잔일 수 있다.
하지만 그것은 현존한다.
그것은 지금 여기에 있다.
그것은 세상의 모든 영적 서적보다도
당신을 깨닫게 할 더 큰 힘을 지니고 있다.
꽃병이나 찻잔에 그저 관심을 기울이기만 하라.
그것과 함께 완전히 현존하라.
당신이 꽃병이나 찻잔과 함께 참으로 현존하면
생각하는 마음은 고요히 침묵할 것이다.
당신은 현존하게 될 것이다.
그 고요한 현존의 순간에,
당신은 깨달았다.
깨달았다는 것은 단지
순간순간 깨어 있고 완전히 현존한다는 뜻이다.

현존에는 결과가 없다

현존에는 결과가 없다.
우리가 상상된 미래에 계속 갇혀 있는 까닭은
결과에 관심을 기울이기 때문이다.
현존에는 오로지 이 순간만 있을 뿐이다.

· · ·

현존에는 옳고 그름이 없다.
거기에는 이원성이 없기 때문이다.
거기에는 판단이 없다.

· · ·

깨어 있거나 깨닫는다고 해서
특별한 사람이 되는 것은 아니다.
깨어 있거나 깨달으면 당신은 평범해진다.
현존하는 것은 삶의 진실에 깨어 있는 것이다.
마음속에 빠지는 것은 환상의 세계에 빠지는 것이다.

신을 공경함

삶에서 신을 최우선 순위로 공경하지 않으면,
결코 신을 알지 못할 것이다.
현존함으로써 신을 공경한다.
그렇게 단순하다.

. . .

당신에게는 인간관계가 중요할 수 있다.
성공이 중요할 수 있다.
돈을 버는 것이 중요할 수 있다.
단지 신을 최우선 순위에 두라는 것이다.

. . .

신과 **현존**은 하나이며 같다.
신은 드러난 지금 이 순간이다.

신에 대한 믿음

신에 대한 믿음은 신을 아는 데 걸림돌이다.
믿음은 마음의 작용이다.
신을 알려면 신이 있는 곳으로 나아와야 하는데,
그곳은 지금 이 순간이다.
자신의 직접 경험으로 신을 알려면,
마음을 초월하고
아주 깊은 수준의 현존에 열려야 할 것이다.

•　　•　　•

현존 안에 있을 때, 당신은 존재의 눈이며 귀다.
당신은 신의 눈이며 귀다.

신

신에 관해 말할 때,
나는 마음으로 알 수 있는 신을 말하는 것이 아니다.
나는 당신이 믿는 신에 관해 말하고 있지 않다.
나는 현존하는 모든 것의 중심에 있는
고요한 **현존**인 신에 관해 말한다.
나는 당신 안 침묵의 한가운데에 존재하는
신에 관해 말하며
신은 당신과 분리되어 있지 않다.
나는 **영원한 있음**인 신에 관해 말한다.
나는 순수 의식인 신에 관해 말한다.
나는 모든 것이 일어나는 근원이자
모든 것이 돌아가는 근원인 신에 관해 말한다.
나는 모든 것이며 아무것도 아닌 신에 관해 말한다.
나는 시작이며 끝인 신에 관해 말한다.
나는 내 마음에서 나오는 말이 아니라
불가사의 안에서 나오는 말로 신에 관해 말한다.

힘을 주는 현존

우리는 현존함으로써 힘을 얻는다.
우리는 나무나 꽃과 함께 현존할 수 있다.
또는 다른 인간 존재와 함께 현존할 수 있다.
참으로 현존할 때 우리는
주위에 있는 모든 것의 **현존**으로 힘을 얻으며
우리 안의 **현존**으로 힘을 얻는다.
에너지가 고갈되었다고 느껴지면
밖에 나가서 나무와 함께 완전히 현존하라.
나무의 고요한 **현존**을
자기에게 끌어당긴다고 느껴 보라.
나무의 **현존**이 당신을 채워 줄 것이다.
당신을 회복시킬 것이다.
당신을 강하게 만들어 줄 것이다.

바라보면 보일 것이다

지금 이 순간은 언제나 당신의 관심을 부르고 있다.
바라보라. 보일 것이다.
바람결에 흔들리는 나뭇잎 하나하나는
당신에게 손 흔들며 인사한다.
나뭇잎은 말한다.
"나 여기 있어. 나와 함께 현존하지 않을 거니?
날 보지 않을 거야?"
꽃 하나하나는 그 색깔과 아름다움으로
당신을 매혹하려 한다.
"내가 더이상 뭘 할 수 있겠니?" 꽃은 묻는다.
"날 보지 않을 거니? 나와 함께 현존하지 않을 거야?
넌 내가 누구인지 모르니?
난 꽃의 모습으로 있는 신이란다.
그리고 난 네 관심을 끌려 하고 있어."

지금 이 순간으로 충분한가?

신은 지금 이 순간 현존하는 것 말고는
당신에게 더이상 줄 것이 없다.
당신은 그것으로 충분한가?
신은 알고 싶어 한다!
그것으로 충분하지 않다면,
당신은 지금 이 순간을 떠나야 할 테니.
당신은 그 이상의 무언가를 찾으려
마음이라는 환상의 세계로
들어가야 할 테니.

행복의 열쇠를 찾아서

한 남자가 행복의 열쇠를 찾아다니고 있었다.
어느 날 그는 길가에 앉아 있는 현자를 보았다.
"행복은 어디에 있습니까?" 남자가 물었다.
"여기에 있네." 현자가 대답했다.
남자는 주위를 두리번거렸다.
"여기엔 아무것도 없는데요." 그가 말했다.
"아무것도 없겠지." 현자가 대답했다.
"자네가 여기에 있지 않으니 말일세.
자네가 여기 있지 않으니 여기에 뭐가 있는지 어찌 알 수 있겠나?"
남자는 무슨 말인지 몰라 어리둥절했다.
"나무들과 함께 완전히 현존하게." 현자가 말했다.
"꽃들, 새들, 저 멀리 있는 산과 함께 완전히 현존하게."
현자의 인도를 받아 남자가 완전히 현존하게 되자
모든 것이 변하기 시작했다.
나무들은 생생히 살아서 약동하고 있었다.
그들은 빛으로 가득했고 영원한 존재처럼 보였다.
꽃들은 갖가지 색깔을 내뿜었다.
새들의 노랫소리가 남자의 귀에 가득 들렸다.
산들바람은 얼굴을 부드럽게 어루만지고,
태양은 그를 따스하게 해 주었다.
한없는 고요와 평화가 느껴지기 시작했다.

행복의 열쇠를 찾아서…

그의 마음은 완전히 고요해졌다.

한 생각도 떠오르지 않았다.

그는 내면에서 사랑이 일어나는 것을 느꼈다.

내면에서 하나임과 완전하다는 느낌이 일어나는 것을 느꼈다.

그는 기쁨과 행복에 잠겼다. 내면의 앎이 그를 가득 채웠고,

마침내 그는 평화로웠다. 난생처음 충만한 내면을 느꼈다.

이제 그는 아주아주 행복했다.

바로 그때 자기 안에서 목소리가 들렸다.

그것은 마음의 목소리였다. 에고의 목소리였다.

"바보 같은 노인네의 말을 듣지 마!" 목소리가 말했다.

"이 노인네가 네게 뭘 줄 수 있겠니?

나무 몇 그루와 꽃 몇 송이, 멀리 있는 산뿐이잖아.

그건 아무것도 아냐. 난 네게 훨씬 많은 걸 줄 수 있어.

난 네게 모든 걸 줄 수 있어.

네가 생각하는 건 뭐든지 다 줄게.

네가 상상하기만 하면 어디든지 다 데려다줄게.

세상의 모든 보물을 다 주겠다고 약속할 수도 있어.

명성과 권력, 성공도 약속할 수 있지.

저 현자라는 사람도 이것들을 줄 수 있는지 물어볼래?"

현자는 고개를 저었다.

"난 네게 과거의 모든 지식도 줄 수 있어."

목소리가 말했다. "현자도 줄 수 있는지 물어볼래?"

행복의 열쇠를 찾아서…

현자는 고개를 저었다.

"난 네게 더 나은 미래를 약속할 수 있어."

목소리가 말했다. "현자도 그럴 수 있는지 물어볼래?"

현자는 고개를 저었다.

"난 네 삶에 빠져 있는 건 뭐든지 다 줄 수 있어.

난 잘못된 것은 뭐든지 다 바로잡을 수 있어.

현자도 그럴 수 있는지 물어봐!"

현자는 고개를 저었다.

"당신이 내게 줄 수 있는 게 뭡니까?"

목소리가 물었다.

"오직 지금 이 순간 현존하는 것뿐." 현자가 대답했다.

"그게 전부입니까?" 목소리가 물었다.

"그 이상은 아무것도 줄 수 없네." 현자가 말했다.

"상대가 안 돼!" 남자의 머릿속에서 목소리가

의기양양하게 말했다.

"여기에는 아무것도 없습니다." 남자가 말했다.

"그저 나무 몇 그루, 꽃 몇 송이, 먼 산뿐인걸요."

그리고 남자는 마음과 에고가 약속한 것을 찾아 다시 길을 갔다.

현자는 남자가 길을 따라 사라지는 것을 지켜보았다.

"상대가 안 되지." 현자는 나무들과 꽃들, 먼 산에게 말했다.

"상대가 안 되고말고!"

진실은 침묵 속에서 알려진다

내가 하는 말에 동의하든 동의하지 않든
진실과는 아무 상관이 없다.
동의하거나 동의하지 않는 것은 당신의 마음이며
마음은 전혀 진실을 알 수 없다.
당신이 완전히 현존할 때는
동의가 없다. 이의도 없다.
오직 침묵만 있을 뿐.
그리고 그 침묵 속에서 진실이 알려진다.

• • •

자기의 참된 목소리를 찾아라.
그 목소리는 침묵에서 일어난다.
내면에 있는 그 앎의 자리를 찾아라.
그것은 당신 안에 있는 침묵의 한가운데에 있다.

기도를 침묵에 드려라

기도를 침묵에 드려라.
질문을 침묵에 드려라.
사랑과 감사를 침묵에 드려라.
침묵에서 일어나는 것은 무엇이든
침묵으로 돌아가도록 늘 허용하라.
신에게 속한 것은 늘 신에게 돌려드려라.

    •   •   •

가진 것에 더 많이 감사하며 살수록
감사할 것이 더 많아질 것이다.

신의 몸

물질적 모습으로 있는 모든 것은 신의 몸이다.
신의 몸과 함께 현존하라.
그러면 현존하는 모든 것에서
신의 살아 있는 **현존**을 경험하기 시작할 것이다.

•   •   •

지금 이 순간으로 깨어나면
삶의 불가사의를 깨닫기 시작할 것이다.
신이 현존하며, 삶의 모든 순간에
신이 깊이 관여하고 있음을 깨닫기 시작할 것이다.

•   •   •

신의 뜻에 내맡기는 것은
지금 이 순간을 있는 그대로 받아들이고
순간순간 자연스럽게 반응하는 것이다.

신을 신뢰하라

모든 나무에서 떨어지는 나뭇잎 하나하나는
신이 계획한 대로
정확한 시간에 정확한 방식으로 떨어지고 있다.
떨어지는 나뭇잎 하나를 지켜보라.
땅으로 내려가는 나뭇잎의 여행은
신에 의해 완벽하게 계획되었다.
바람에 날리는 모든 움직임,
모든 방향 전환,
떠오르고 날리고
떨어지는 움직임 하나하나는
나무가 존재하기 훨씬 이전부터
신에 의해 완벽하고 상세하게 예정되었다.
만약 한 그루 나무에서 시작되는
나뭇잎 하나의 여행을 위해
신이 그리도 완벽하게 계획했다면,
당신을 위한 신의 계획은
얼마나 더 완벽하겠는가.

신비가

신비가는 존재의 불가사의로 들어간 사람이다.
신비가는 존재가 불가사의로 남도록
기꺼이 허용하는 사람이다.

·　　·　　·

완전히 현존할 때, 당신은 하나임으로 열린다.
완전히 현존할 때, 땅 위의 천국이 드러난다.
깨어날 때 당신은 참된 주인이다.
하지만 오직 당신 자신만의.

·　　·　　·

나는 지진이다.
나는 당신의 믿음들을 깨뜨리기 위해 여기에 있다.
나는 당신을 세계 뒤흔들고
당신의 흔들림 없는 환상의 세계에
균열을 일으키기 위해 여기에 있다.

없음

내가 말하는 말들의 사이에는
아무것도 없다.
만약 내 말들 사이의 공간과
문장들 사이의 끊김에
주의를 기울인다면,
거기에는 아무것도 없음을 알게 될 것이다.
그 말들의 뒤에는 아무것도 없다.
그 말들의 뒤에는 아무도 없다.

•　　•　　•

모든 것은 없음에서 일어나서, 없음으로 돌아간다.

나는 누구인가?

나는 내가 누구인지 모른다.
나는 그저 있다.

• • •

오직 하나의 존재만 있다.
우리는 모두 그 한 존재의
개별적인 표현들이다.
사실, 나는 나인 척 가장하는 당신이다.

• • •

끝은 처음 속에 담겨 있다.
처음은 끝 속에 담겨 있다.
처음과 끝은 둘 다 지금 여기에 있다.

참된 미래

당신이 마음으로 상상하는 미래는
참된 미래가 아니다.
참된 미래는 지금 이 순간을 통해 펼쳐진다.
그것은 지금 이 순간을 통해서만 펼쳐질 수 있다.
당신의 참된 미래는
당신이 마음으로 상상할 수 있는 것보다 훨씬 거대하다.

 ·   ·   ·

당신이 현존하지 않으면,
과거는 앞으로 투사되어 미래인 척 가장한다.
그것은 참된 미래가 펼쳐지는 것을 방해한다.

 ·   ·   ·

지금 이 순간은 결코 당신을 떠나지 않는다.
지금 이 순간을 떠나는 것은 당신이다.

가장 큰 축복

당신이 완전히 깨어 있고 현존한다면,
가장 큰 축복은
자기 안에서 일어나는 사랑을 나누는 것이다.

새로운 순간순간은 사랑할 기회를 한없이 준다.
가장 단순한 방식으로 사랑을 나눌 수 있다.
부드럽고 다정하라.
배려하고 친절하라.
평범하게 사랑하되,
어떤 것도 돌려받으려는 마음 없이 하라.
삶은 당신에게 가장 귀한 선물을 준다.
지금 여기에 현존하며 사랑을 나누도록
허용하는 선물을….

당신의 참된 집

당신의 참된 집은 내면에 있다.
자기의 존재로 돌아올 때 비로소
참된 집이 자기 안에 있음을 발견할 것이다.
더는 자기 바깥에서 집을 찾으려 하지 않을 때,
존재 전체가 당신의 집이 된다.
당신의 집은 한계가 없다.
당신은 우주의 집에 있다.

•   •   •

당신에게는
거대한 가족이 있다.
확대된 가족.
존재 전체가 당신의 가족이다.

당신의 참된 미래

더욱더 현존할 때, 당신의 진화된 차원이 당신의 미래로부터
지금 이 순간이라는 입구를 통해 드러나기 시작할 것이다.
더욱 현존할 때, 미래의 당신을 마주치기 시작할 것이다.
과거의 당신과 미래의 당신이 만나 하나가 된다.
지금 이 순간의 신성함 안에서.

•　•　•

당신은 구원자이지만, 자기만의 구원자다.
자기를 구원한다는 것은
단순히 과거와 미래에서
지금 이 순간으로 깨어난다는 뜻이다.

•　•　•

아름다움의 경험은 내 여행의 깊고 강력한 일부였다.
아름다움과 사랑은 너무나 밀접해서
하나만 경험하고 다른 하나를 경험하지 않을 수는 없다.

나는 집착하지 않는다

나는 집착하지 않는다. 과거의 어떤 경험에도.
땅 위에 있는 천국의 경험까지도.

·   ·   ·

어떤 것에도 찬성하거나 반대하지 않으며,
나는 그저 존재한다.

·   ·   ·

판단을 계속하는 한, 신의 세계로 들어가지 못할 것이다.
당신이 뭔가를 잘못해서가 아니라, 악해서가 아니라,
단지 판단은 신의 본성과 양립할 수 없으므로.

·   ·   ·

신에게는 판단이 없다. 원죄는 판단이다.

마지막 시험

판단을 넘어서는 유일한 길은
판단하는 자신을 지켜보는 것이다.
판단을 멈추려 하지 말라.
그 역시 판단일 테니.
그것은 판단에 대한 판단일 것이다.
내면에서 판단이 올라오면 그저 그 판단을 지켜보라.
인정하라. 고백하라. 표현하라.
판단이 당신 안에 존재하도록 허용하되,
판단을 믿지는 말라.
판단은 받아들여지기를 기다리고 있다.
그것은 마지막 시험이다.
그 시험을 통과하면 판단이 당신을 놓아줄 것이다.

・　　・　　・

당신의 내면에 있는 판단하는 자를 탐구하라.
판단이 당신 안에서 올라오도록 허용하라.
당신 안에 있는 판단을 인정하라.
판단을 전적으로 책임져라.
판단 자체가 되어라. 판단의 에너지를
사랑, 받아들임, 자비의 충만한 빛으로 데려오라.

판단을 넘어서려면

판단을 넘어서고 싶다면, 판단을 알아야 할 것이다.

자신이 판단하는 자임을 알라.

자신이 판단받는 자임을 알라.

수많은 형태를 하고 있는 판단을 지켜보라.

수많은 위장을 하고 있는 판단을 지켜보라.

삶에서 판단이 일어날 때마다 그 판단을 지켜보라.

판단을 알아차리고, 판단 없이 판단을 받아들일 때,

판단은 해체되기 시작할 것이다.

판단이 삶에서 완전히 사라질 것이다.

판단 없는 삶을 경험할 것이다.

두 가지 차원

당신에게는 두 가지 차원이 있다.
당신의 영원한, 무한한, 비개인적인 차원이 있는데,
이 차원은 온전히 지금의 순간에 존재한다.
당신의 개인적인 차원도 있는데,
이 차원은 당신의 독특한 개별성을 반영하며
그것을 시간의 틀 안에서 표현한다.
당신의 영원하며 비개인적인 차원은
고요하고 잠잠한 바다와 같다.
당신의 개인적인 차원은 물결과 같다.
물결은 바다의 한 표현이며,
물결 하나하나가 독특하게 개별적이지만,
물결 하나하나 안에는 무한하고 영원한 바다가 담겨 있다.

깨어남의 길은 단순하다

깨어남의 길은 단순하다.
지금 여기에 있어라.
판단을 넘어서라.
자신이 이원성 안에서 균형 잡히게 하라.
두려움과 통제를 포기하라.
참된 책임을 지며 살아라.
자기의 수많은 모습과 차원을 받아들이고 인정하라.
자기 자신과 올바르게 관계하라.
다른 사람들과 올바르게 관계하라.
자기의 감정들과 올바르게 관계하라.
삶과 올바르게 관계하라.
신과 올바르게 관계하라.
세상에서 사랑으로 행하라.
자기 자신을 비추는 빛으로 존재하라.
세상을 비추는 빛으로 존재하라.

진실을 알기

진실을 아는 유일한 길은 **현존**과 침묵 안에 있다.
그것은 이해 너머에 있다.
이해하는 것은 마음의 기능이며
마음은 결코 진실을 알 수 없다.
마음은 이해할 수 있다.
마음은 믿을 수 있다.
마음은 개념화할 수 있다.
하지만 마음은 알 수 없다.

・　・　・

모름은 앎으로 가는 입구다.
앎은 침묵에서 떠오른다.
앎은 지금 이 순간에서 떠오른다.
앎이 침묵으로 돌아가도록 허용하면
당신은 천진한 상태로 머무른다.
천진한 사람은 기꺼이 모르는 상태로 있으려는 사람이다.

우연의 일치는 없다

우연의 일치는 없다.
신은 현존하며, 당신 삶의 모든 순간에 활동한다.

·　·　·

당신이 길을 잃는 까닭은
갈 곳이 있다고 생각하기 때문이다.
목적지나 도착지가 있다는 믿음을 버리면
길을 잃을 수 없다.
지금 이 순간에는 목적지가 없다.

·　·　·

깨어난 현존의 가장 깊은 수준에서,
당신은 순수 의식이다.
모습과 내용 너머의….

개인적 수준에서

개인적 수준에서, 당신은 여전히 침묵과 현존에
자리 잡고 있지만, 시간을 이용할 수 있다.
당신은 시간의 세계에 참여할 수 있지만,
거기에서 길을 잃지는 않으며,
시간의 세계에서 일어나는 경험을
자기와 동일시하지 않는다.
당신은 이 순간만이 삶의 진실임을 알고,
각 순간은 계속해서 스스로 새로워짐을 안다.
각 순간은 온전히 경험된 뒤 놓여난다.
경험은 쌓이지 않으며,
그러므로 과거도 당신 안에 쌓이지 않는데,
그러면 당신은 지금 이 순간을 이용할 수 있다.
당신은 여전히 기억들이 남아 있고,
여전히 미래를 위해 계획할 수 있지만,
거기에서 길을 잃지 않는다.
당신은 근본적으로 현존한다.
시간의 세계에서 활동할 때도….

늘 현존할 필요는 없다

깨어 있는 삶을 살기 위해 늘 현존할 필요는 없다.
지금 이 순간의 현실에 자리 잡고 있는 한, 시간의 세계와
마음으로 들어가는 것은 아주 적절하고 안전하다.
마음으로 들어가지 않은 채 지금 같은 세상에서 살기는
몹시 어려울 것이다. 어떤 사람은 소득세를 신고해야 할 것이다.
어떤 사람은 치과 진료 예약일을 기억해야 할 것이다.
마음과 그 기억력이 없이는 가장 단순한 일도 할 수 없을 것이다.
생각과 기억이 없이는 자기 이름조차 모를 것이다.
삶의 진실은 오로지 지금 이 순간에만 존재함을 아는 한,
자유롭게 마음의 환상의 세계로 들어갈 수 있다.
그래도 마음으로 들어가는 여행은 한 번에 최대 두 시간 이내가
좋을 것이다. 직장에서는 효과적으로 일하기 위해 마음의
생각하는 세계로 완전히 들어갈 수 있다.
단, 틈틈이 휴식을 취하라.
주기적으로 마음에서 빠져나와 지금 이 순간의 진실, 현실과
다시 연결되라. 사무실 구석에 묵묵히 서 있는 화분 식물과
현존하라. 책상 위에 놓인 펜과 함께 현존하라. 옆 사무실에서
들려오는 목소리들이나 에어컨 소리와 함께 현존하라.
지금 실제로 여기에 있는 것과 함께 현존함으로써 마음에서 나와
지금 이 순간의 진실과 현실로 들어온다. 마음으로 들어가는 것은
우주를 여행하는 것과 같다. 기지와 계속 연결되어 있어야
안전하다. 그렇지 않으면 길을 잃을 수도 있다.
집으로 돌아가는 길을 찾지 못할 수도 있다.

신의 법 가운데 하나

"나는 너를 이용할 수 있지만, 너는 나를 이용할 수 없다."
신은 우리 각자에게 이렇게 말한다.
이것도 신의 법이다.
인간의 마음 또는 에고는 언제나 어떤 식으로든
자기를 위해 이익을 얻으려고 한다.
깨달음을 추구하면서 당신은 교묘히 다른 사람들보다
우월한 권력이나 권위를 얻으려 할 수 있다.
자기를 미화하려 할 수 있다.
어떤 식으로든 남들보다 앞서기 위해
무의식적으로 신의 진실을 이용하고 싶어 할 수 있으며,
심지어 잠시 훔칠 수도 있다.
당신은 어느 정도 명성을 얻고 유명해질 수도 있다.
그러나 머지않아 교훈을 배워야 할 것이다.
당신은 신이나 신의 진실을 이용할 수 없다.
당신을 이용하는 것은 신일 것이다.
기다려라. 인내하라.
신의 계획이 당신에게 펼쳐질 것이다.
당신의 삶에서 펼쳐지는 사건이나 상황을 통해
신의 계획이 드러날 것이다.
궁극적으로 당신의 깨어남은 당신을 위한 것이 아니다.
그것은 신을 위한 것이며,
아직 깨어나지 않은 모든 사람을 위한 것이다.

주인과 하인

당신이 완전히 깨어나면,
에고는 당신의 사랑하고 헌신하는 하인이 될 것이다.
당신이 신의 사랑하고 헌신하는 하인이 되듯이.
당신이 신을 섬기지 않으면,
에고도 당신을 섬기지 않을 것이다.
당신에게는 선택권이 있다.
신이 당신의 주인이거나
아니면 에고가 당신의 주인일 것이다.
당신에게 달려 있다.

깨어난 현존

이 땅 위에서 살아가는 깨어난 **현존**으로서
당신은 침묵하고 현존하고 사랑하며 받아들이고 허용한다.
당신은 자비롭다.
당신은 두려움과 판단이 전혀 없다.
당신은 과거의 모든 트라우마와 제한들이 없고
미래에 관한 모든 걱정도 없다.
당신은 평화롭고 고요하고 차분하다.
당신은 맑고 강하다.
당신은 내면에서 힘을 얻는다.
당신은 그때그때 자연스럽게 반응한다.
당신은 감사하고 너그러우며,
이 세계의 비범한 풍요로움을 계속 알아차리며 살아간다.
당신은 **하나임** 안에 존재하며, 현존하는 모든 것에서
신의 살아 있는 **현존**을 느낄 수 있다.
당신은 이 땅 위를 가볍게 걷고,
당신의 삶은 온전함과 은총을 보여 준다.

축제의 날

우리 각자가 깨어날 때는 마치 전구가 켜지는 것과 같다.
하나의 전구가 켜지면 다음 전구가 켜지고,
또 다음 전구, 또 다음 전구가 켜진다.
인간 무의식의 어둠은 서서히, 점차, 천천히 밝아지다가
마침내 어둠보다 빛이 더 많아지고,
무의식보다 의식이, 아픔보다 기쁨이,
환상보다 진실이 더 많아지며,
속박보다 자유가 더 많아지는 날이 온다.
그날은 정말로 축제의 날일 것이다.

• • •

가장 깊은 수준에서, 유일한 진짜 힘은 사랑이며,
조만간 세상의 모든 위대한 전사들은
이 단순한 진실을 깨달아야 할 것이다.

• • •

지금 이 순간을 선택할 때, 당신의 마음은 침묵할 것이다.
편안히 이완하며 침묵으로 들어가라.
현존으로 깊어져라.
신이 지금 이 순간 당신에게 주어야 하는 모든 것을 즐겨라.
이 순간의 충만함과 풍부함을 즐겨라.

축하하는 날

당신이 더 완전히 현존하게 되면,
깨어난 의식은 현존의 모든 성질을 당신의 삶에 가져올 것이다.
당신은 침묵, 사랑, 아름다움, 진실, 힘,
받아들임, 평화, 균형, 조화의 표현일 것이다.
현존으로 깨어날 때 당신은 진실이 점차 드러나는 것을
경험할 것이다. 먼저 자기 자신과 자기의 삶에 관한,
다음에는 자기의 영혼과 그 여행에 관한,
다음에는 신과 존재의 참된 본성에 관한 진실이….

•   •   •

당신의 본질적 자기의 가장 깊은 수준에서,
당신은 영원한 있음으로서 존재한다.
이 수준에서 당신은 시간을 초월했고,
분리된 개인이라는 자아감을 완전히 초월했다.
당신은 있는 모든 것과의 하나임 안에서 존재한다.
당신은 순수 의식의 무한하고 영원하며 침묵하는 현존이다.
그것은 이 순간에만 존재하는 당신의 차원이다.
거기에는 과거와 미래가 없다. 당신의 마음은 침묵한다.
당신은 지금 여기에 있는 것과 함께 완전히 현존한다.
그것은 완전히 깨어난 의식 상태다. 당신은
지금의 순간에 완전히 몰입되어 있다. 그것은 비개인적이다.

땅 위의 천국

현존으로 깨어나면, 당신은 신을 위한 탈것이 된다.
당신은 땅 위의 **천국**을 능동적으로 드러낸다.

. . .

깨어남은 당신의 인간성을 부정하지 않는다.
깨어남은 당신의 인간성을 껴안는다.
깨어남은 당신의 인간성을 당신의 신성으로 통합한다.

. . .

새로운 순간순간은 가장 풍부한 사랑의 기회를 선사한다.
가장 단순한 방법으로 사랑을 나눌 수 있다.
부드럽고 다정하라.
배려하며 친절하라.
평범한 방식으로 사랑하라.
어떤 것도 돌려받으려는 생각 없이….
현존할 때는 당신의 모든 말과 행동이 사랑의 표현일 것이다.

자기를 표현하기

우리 각자는 하나의 독특한 표현이다.
존재의 목적은 **현존**과 **하나임**으로 열린 뒤,
자기 자신을 톡특한 존재로서
완전히, 진실하게 표현하는 것이다.
다른 사람들이 당신에 관해 뭐라고 생각하든
자기의 모든 모습으로 과감히 존재할 수 있겠는가?

·　·　·

당신의 존재 목적은
현존과 **하나임**에 열린 뒤
자기 자신을 독특한 **존재**로서
진실하게 완전히 표현하는 것이다.
신은 당신이 여기에 있기를 원한다.
당신은 오직 완전히 현존할 때만
신에게 잘 쓰임받을 수 있다.

·　·　·

현존하는 순간순간, 당신은 자기의 과거를 치유하고,
자기의 미래를 밝히며, 자기의 영혼을 구원한다.
현존하는 순간순간, 우리의 세계에 어둠이 줄어든다.

신의 몸

당신이 지금 이 순간,
보고 듣고 맛보고 감촉하고
냄새 맡을 수 있는 것은 모두 신의 몸이다.
이 순간에 완전히 현존하면 신을 경험하게 된다.
신과 지금 이 순간은 하나이며 같다.
지금 이 순간은 드러난 신이다.

· · ·

신은 우리를 버리지 않았다.
우리가 신을 버렸다.
환상에 불과한 마음의 세계를 위해
지금 이 순간을 버렸을 때
우리는 신을 버렸다.

· · ·

신이 깨우려 해도 당신이 깨어나지 않으면,
신은 당신을 흔들어야 할 것이다.

깨어남

어떤 사람들에게는 깨어남이 갑작스럽다.
다른 사람들에게는 점진적이다.
둘 다 같은 자리에 이른다.
지금, 여기에.

•　　•　　•

깨어난 삶을 사는 사람은
지금 이 순간에서 멀리 떨어지지 않는다.

•　　•　　•

완전히 현존할 때 당신의 마음은 침묵하며,
그 침묵 속에서 모든 영적 견해, 개념, 믿음이 해체된다.
그러니 모든 종교도!

•　　•　　•

인류는 무의식 속에서 길을 잃었다.
충분히 많은 사람이 개인적인 수준에서 깨어나면,
집단적인 수준에서 의식에 전환이 일어날 것이다.

생각함

나는 생각할 필요가 있을 때는 생각한다.
하지만 그 너머에서 나는 생각하지 않는다.

·　　·　　·

현존하는 데에 전념하면
현존이 자연스러운 상태가 되는 때가 올 것이다.
지금 이 순간은 당신의 집이 된다.
당신은 가끔 마음의 세계로 들어가 잠시 여행하겠지만,
길을 잃을 만큼 마음속으로 너무 멀리 들어가지는 않을 것이다.

현존의 단순함

현존하는 것이 얼마나 간단한 일인지를
알아차리는 것이 꼭 필요하다.
지금 이 순간은
늘 여기에 있으며 당신을 기다린다.
지금 이 순간은
당신이 생각의 세계에 빠지는 대신
지금 여기에 있는 것과 함께 현존하도록
끊임없이 초대한다.

하나임으로 완전히 깨어나는 것은
모든 사람의 운명이다.
붓다 혹은 **그리스도**로 깨어나
이 땅 위에서 사랑, 받아들임, 자비로
존재하는 것은 모든 사람의 운명이다.
당신의 운명은 피할 수 없다.
그것은 도토리에서 참나무가 나오듯이
불가피한 일이다.
유일한 질문은 '언제인가?'다.
지금으로부터 열일곱 번째 생애일 것인가,
아니면 지금일 것인가?
그것은 당신에게 달려 있다!

균형을 찾기

이제는 인류가 집단적인 수준에서 깨어날 때다.
깨달음은 더는 선택받은 소수만을 위한 것일 수 없다.
더는 세상에 참여하지 않는 그들만을 위한 것일 수 없다.
집단적인 수준에서 깨어남이 있으려면,
우리가 세상에서 살아가는 법을 배워야 할 것이다.
이는 우리가 완전히 깨어난 상태의 시간 없음과
시간의 세계 사이에 균형을 발견해야 한다는 뜻이다.

•　　•　　•

궁극의 유혹은 미래 어느 시점의 깨달음 또는 해탈의 약속이다.
깨어남은 결코 미래에 일어날 수 없다.
미래는 없기 때문이다. 오직 지금뿐이다.
그리고 깨어남은 당신이 이를 깨닫고
모든 추구가 사라질 때 일어난다.

•　　•　　•

현존을 더 많이 선택할수록 지금 이 순간의 진실과 현실에
더 많이 자리 잡을 것이다. 지금 이 순간의 진실과 현실에
더 많이 자리 잡을수록 그런 평범한 순간들에서
성스러움과 신성함을 더 많이 경험할 것이다.

영혼의 갈망

영혼의 가장 깊은 갈망은
집으로 돌아오는 것이다.
문제는, 영혼은 집이 어디 있는지를 모른다는 것이다.
더욱 현존하게 될 때 당신은 **하나임**으로 열릴 것이다.
분리되어 있다는 환상은 해체될 것이다.
당신은 현존하는 모든 것에서 신의 **현존**을 느낄 것이다.
더욱 현존하게 될 때, 당신은
지금 이 순간이 참된 집임을 알게 될 것이다.
이 깨달음은 영혼으로 흘러 들어갈 것이다.
이 생에서 당신의 깨어남을 통해
영혼은 집으로 돌아오는 길을 발견할 것이다.
이 생에서 당신의 깨어남을 통해
영혼은 신과의 **하나임**으로 회복될 것이다.

• • •

지금 이 순간으로 깨어나면,
삶의 불가사의를 알아차리기 시작할 것이다.
신이 현존하며, 당신 삶의 모든 순간에
신이 깊이 연관됨을 알기 시작할 것이다.

영원한 지금 안에 깨어 있기

지금 여기에 현존하는 것은
생각하는 마음을 초월해 있는
당신의 그 차원과 삶의 차원으로 깨어나는 것이다.
당신은 침묵하며,
지금 여기에 실제로 있는 것과 함께 완전히 현존한다.
완전히 현존하면 이 순간 말고는 다른 순간이 없다.
삶의 진실에 깨어 있다는 말은 그런 뜻이다.
당신은 아주 완전히 현존해서
이 순간에, 오로지 이 순간에만 존재한다.
당신은 영원한 지금 안에서 깨어 있다.

·   ·   ·

지금 이 순간에 더 많은 감사를 가져올수록
지금 이 순간은 감추어진 보물을 더 많이 드러낼 것이다.

·   ·   ·

여행은 영원히 계속된다.
그저 지금 여기에 있어라.

변화를 받아들이기

편안히 변화를 받아들여라.
변화와 함께 흘러가라.
당신 주위의 모든 것은 변하고 있다.
변하지 않는 것은 오로지 변한다는 사실뿐이다.
자기의 삶에서 변화를 더 많이 받아들일수록
자기가 전혀 변하지 않는 존재임을
더 많이 알게 될 것이다.

• • •

영원한 영역에는 시간이 없으며,
그래서 아무것도 변하지 않는다.
아무것도 태어나지 않고 아무것도 죽지 않는다.
아무것도 늙지 않는다.

축복

과거와 미래에서 현재로 해방된 사람은 축복받았다.

환상에서 풀려나 진실로 깨어난 사람은 축복받았다.

에고의 압제에서 해방된 사람은 축복받았다.

현존과 하나임으로 완전히 깨어나는 사람은 축복받았다.

마음과 에고의 주인이 되는 사람은 축복받았다.

땅 위의 **천국**을 드러내는 사람은 축복받았다.

신이 **영원한** 있음임을 아는 사람은 축복받았다.

신이 모든 것 안의 하나임을 아는 사람은 축복받았다.

깨어나는 사람은 축복받았으니,

그들이 땅을 물려받을 것이기 때문이다.

▪ 저자에 관해

레너드 제이콥슨은 현대의 신비가이며 영적 지도자다. 그는 사람들이 하나임을 향해 나아가는 여행을 하도록 안내하고 돕는 데 깊이 헌신한다.

그는 1944년 호주 멜버른에서 태어났고, 멜버른 대학에서 공부했으며, 1969년에 법학 학위를 받고 졸업했다. 그는 1979년까지 변호사로 일했다. 그 뒤 영적 발견의 긴 여행을 떠났으며, 미국, 중동, 인도, 일본 등 여러 나라를 여행했다.

1981년에는 일련의 신비한 깨어남을 처음 경험했는데, 이 깨어남들은 삶, 진실, 실재에 관한 그의 인식을 깊이 바꾸었다. 이 깨어나는 경험들은 점점 더 깊은 의식 수준을 드러냈고, 그의 가르침과 글을 지혜와 명료함, 사랑, 자비로 채워 주었다.

그는 30년 이상 워크숍과 세미나를 열면서, 깨어남의 길을 걷는 사람들에게 영감과 안내를 제공하고 있다.

그는 캘리포니아 샌터 크루즈 근처에 살면서 저녁 가르침 모임, 주말 워크숍을 하고 있고, 미국, 유럽, 일본, 중국, 호주에서 더 긴 숙박 수련회를 열고 있다.

레너드 제이콥슨은 비영리 단체인 '의식하는 삶 재단'(Conscious Living Foundation)의 설립자다. 2005년에는 (어떤 종교에도 속하지 않지만) 국제 종교과학 협회(Religious Science International)에서 평화상을 받았다.

그의 가르침은 모든 종교와 영적 전통을 포함하며 넘어선다. 그 가르침은 진정으로 깨어나고 싶은 사람들을 위한 것이며, 자신이 사실은 깨어나고 싶어 한다는 것을 아직 깨닫지 못한 사람들을 위한 것이다.

그의 저서로는 《고요한 현존》, 《현존 명상》, 《모든 것은 하나다》, 《지금 여기에 현존하라》, 그리고 어린이를 위한 그림책인 《빛을 찾아서(In Search of the Light)》가 있다.

그의 책들은 한국, 일본, 대만, 중국, 네덜란드, 덴마크, 폴란드, 리투아니아, 미국 등 여러 나라에서 출간되었다.

레너드 제이콥슨에 관해 더 많은 것을 알고 싶다면 www.leonardjacobson.com 을 참고하기 바란다.

옮긴이 김윤

서울대학교 경영학과를 졸업했다. 지금은 자유롭고 평화로운 삶으로 안내하는 글들을 우리말로 옮기고 소개하는 일을 하고 있다. 그동안 번역한 책으로는 《네 가지 질문》《기쁨의 천 가지 이름》《가장 깊은 받아들임》《아잔 차 스님의 오두막》《지금 여기에 현존하라》《고요한 현존》《현존 명상》《모든 것은 하나다》 등이 있고, 공역한 책으로는 《순수한 앎의 빛》《사랑에 대한 네 가지 질문》《직접적인 길》《요가 매트 위의 명상》 등이 있다.

현존 명상

초판 1쇄 발행 2023년 9월 22일

지은이 레너드 제이콥슨
옮긴이 김윤

펴낸이 김윤
펴낸곳 침묵의 향기
출판등록 2000년 8월 30일. 제1-2836호
주소 10401 경기도 고양시 일산동구 무궁화로 8-28,
　　　삼성메르헨하우스 913호
전화 031) 905-9425
팩스 031) 629-5429
전자우편 chimmukbooks@naver.com
블로그 http://blog.naver.com/chimmukbooks

ISBN 979-11-984410-0-3　03840

*책값은 뒤표지에 있습니다.